OTROS LIBROS DE JEFF KINNEY:

Diario de Greg. Un renacuajo

Diario de Greg 2. La ley de Rodrick

Diario de Greg 3. ¡Esto es el colmo!

Diario de Greg 4. Días de perros

Diario de Greg 5. La horrible realidad

Diario de Greg 6. ¡Sin salida!

DIARIO de Greg

TRES NO ES COMPAÑÍA

Jeff Kinney

MOLINO
LECTORUM

DIARIO DE GREG 7. TRES NO ES COMPAÑÍA
Originally published in English under the title DIARY OF A WIMPY KID: THE THIRD WHEEL

This edition published by agreement with Amulet Books, a division of Harry N. Abrams, Inc.

Book design by Jeff Kinney
Cover design by Chad W. Beckerman and Jeff Kinney

Translation copyright ©2013 by Esteban Morán
Spanish edition copyright ©2013 by RBA LIBROS, S.A.

Lectorum ISBN: 978-1-933032-89-4
Printed in Spain
10 9 8 7 6 5 4 3 2 1

A GRAM

<u>Domingo</u>

Ojalá hubiera empezado mucho antes a escribir un diario, porque mis biógrafos van a hacerse muchas preguntas sobre mi vida antes de la secundaria.

Por suerte soy capaz de recordar todo lo que me ha sucedido desde que nací. De hecho, puedo recordar incluso cosas que me pasaron ANTES de nacer.

En aquellos días, todo se reducía a flotar en la oscuridad, dar volteretas y dormir cuando me apetecía.

¡AHHHHHHH!

Un día, mientras estaba durmiendo una maravillosa siesta, me despertaron unos extraños ruidos procedentes del exterior.

Al principio no sabía qué rayos era eso, pero luego descubrí que era mamá, que me transmitía música a través de esos altavoces que se ponía en la barriga.

Supongo que mamá pensaba que si me ponía música clásica todos los días antes de nacer, me convertiría en una especie de genio.

Pero ahí no acababa la cosa. Todas las noches, antes de irse a la cama, mamá me leía un libro durante media hora.

"¡DISCULPE, SEÑOR LIMBKINS! ¡¡OLIVER TWIST HA PEDIDO MÁS COMIDA!!".

El problema era que mi horario no coincidía con el de mamá, así que cuando ella dormía, yo estaba despierto.

ZZZZZZZZZZZ

¿EN SERIO?

Aunque ahora creo que debería haber prestado más atención cuando mamá me estaba leyendo.

Los altavoces tenían también un micrófono, así
que, cuando no me ponía música, mamá me conta[ba]
su vida con todo lujo de detalles.

... Y ENTONCES MAMÁ SE FUE A
UNA TIENDA Y TE COMPRÓ
UN GORRO AZUL CON PATITOS,
MONÍSIMO.

Y cuando papá llegaba a casa después del trabajo,
mamá le hacía contarme, con pelos y señales, cóm[o]
le había ido el día.

... ENTONCES LE DIJE A BILL: "CLARO
QUE HE FIRMADO EL FORMULARIO
1044", Y SAQUÉ EL PAPEL PARA QUE ÉL
MISMO PUDIERA COMPROBARLO.

La semana pasada, en el colegio, tuvimos que contestar unas preguntas sobre un libro que yo no había leído todavía. Estaba seguro de que mamá me lo había leído antes de que yo naciera, pero no podía recordar los detalles.

42. ¿Qué pide Oliver Twist que le hace meterse en problemas?

PIENSA... ¡PIENSA!

Supongo que estaba ocupado haciendo otras cosas cuando mamá me leía ese libro.

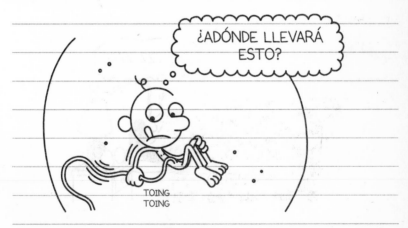

¿ADÓNDE LLEVARÁ ESTO?

TOING
TOING

Lo más curioso de todo era que NO HACÍA FALTA que mamá utilizara el micrófono para poder oírla.

Quiero decir que yo estaba DENTRO de ella, así que, quisiera o no, oía todo lo que decía.

Además, podía oír TODO lo que pasaba ahí. Cuando mamá y papá se ponían muy tiernos, también tenía que escuchar ESO.

Nunca me he sentido cómodo cuando la gente se pone cariñosa a mi alrededor, SOBRE TODO si esa gente son mis padres. Intenté que pararan, pero nunca entendieron mi mensaje.

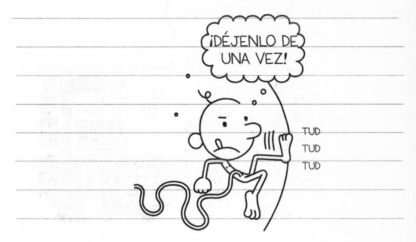

De hecho, todos los intentos que hice solo sirvieron para EMPEORAR las cosas.

Después de meses llevando esa vida, no tuve más remedio que salir de allí. Así se explica que naciera con tres semanas de antelación. Pero, en cuanto sentí el aire frío y las luces de la sala de partos me deslumbraron, deseé haberme quedado donde estaba.

Cuando vine al mundo estaba totalmente falto de sueño y en un estado lamentable, así que si ven alguna vez una foto de un recién nacido, ya saben por qué parecen siempre tan enojados.

De hecho, TODAVÍA no he recuperado todo el sueño que perdí. Y, créanme, lo he intentado.

Desde que nací he estado tratando de recrear aquella sensación de flotar en la oscuridad y de felicidad absoluta.

Pero cuando convives con otras personas, siempre viene algún cretino que se encarga de estropearlo todo.

Conocí a mi hermano mayor, Rodrick, a los pocos días de nacer. Hasta ese momento pensaba que yo era el único niño, y me llevé una gran decepción cuando comprobé que no era así.

En aquellos tiempos, mi familia vivía en un apartamento muy pequeño y tenía que compartir una habitación con Rodrick. Él ocupaba la cuna, de modo que durante los primeros meses de mi vida yo dormía en el cajón superior de la cómoda. Estoy absolutamente convencido de que eso ni siquiera es legal.

Cuando papá sacó sus cosas del trabajo de la habitación que utilizaba como despacho, la transformó en el cuarto de los niños. Entonces, yo heredé la cuna de Rodrick y a él le compraron una cama nueva.

En aquellos tiempos, casi TODO lo que tenía era heredado de Rodrick.

Y cuando algo llegaba a mis manos, estaba raído o cubierto de babas.

Hasta mi CHUPETE era herencia de Rodrick. Aunque no creo que me lo diera por las buenas, lo que explica que yo nunca le haya caído bien.

Durante mucho tiempo fui el más pequeño de la familia, hasta que un día mamá me dijo que iba a tener un hermanito. Agradecí que me avisara con antelación para poder estar preparado.

Cuando llegó mi hermano pequeño, Manny, todo el mundo pensaba que era muy guapo, pero lo que no te dicen de los bebés es que, recién nacidos, tienen esa costra negra en la barriga, de donde colgaba el cordón umbilical.

Un día la costra se seca y se cae, y el bebé ya tiene un ombligo normal. El caso es que nadie ENCONTRÓ nunca la costra de Manny. Y hasta el día de hoy me persigue la idea de que pueda aparecer en cualquier sitio.

Cuando era un recién nacido, mamá me ponía delante de la tele una hora todos los días para que viera vídeos educativos.

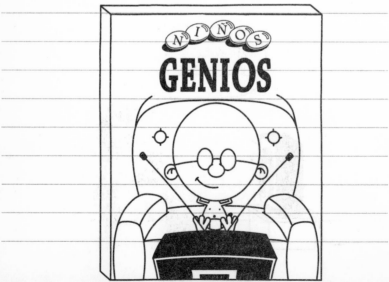

No sé si los vídeos me hicieron más listo, pero al menos era lo suficientemente inteligente como para poner programas que YO QUERÍA ver.

TAMBIÉN aprendí a quitarle las pilas al mando a distancia para que nadie pudiera poner OTRA VEZ los vídeos educativos.

Pero cuando eres un bebé no puedes ir muy lejos, de manera que solo había un sitio donde podía esconder las pilas.

Creo que mamá debería haberme dejado gatear más de pequeño, porque yo iba MUY por detrás respecto a los otros niños de mi edad en cuanto a esfuerzo físico. Mientras los demás sabían sentarse y andar apoyándose en el sofá, yo aprendía a levantar la cabeza del suelo.

Entonces, un día, mamá me compró un aparato llamado "Andador para bebés aventureros", que fue mi primera posesión que no había pertenecido antes a Rodrick.

El "Andador para bebés aventureros" era FORMIDABLE. Incorporaba un montón de cacharros muy entretenidos, y también un portavasos.

Pero lo mejor de todo era que podías ir adonde quisieras, sin tener que ANDAR.

Cuando iba en mi "Andador para bebés aventureros",
todos los amiguitos de mi grupo se quedaban
alucinando.

SSIPPP

Pero entonces mamá leyó en una revista para
padres que no es buena idea usar andadores para
bebés, porque entonces no desarrollan los músculos
adecuados para andar por sí mismos. Mamá
devolvió a la tienda mi "Andador para bebés
aventureros" y acabé como al principio.

¿QUÉ TAL UNA
AYUDITA?

Me costó mucho tiempo, pero APRENDÍ a
andar. Y antes de que me diera tiempo
a enterarme, ya estaba en preescolar.

Esperaba empezar adelantado respecto a los demás niños, por todo el trabajo que se había tomado mamá con la música clásica y los vídeos educativos, pero las otras mamás debían de haberlo hecho muy bien también, porque la competencia en preescolar era muy dura.

Quiero decir que había chicos que se las arreglaban con los botones y las cremalleras, mientras que yo a duras penas podía quitarme los guantes sin la ayuda de un adulto.

Algunos compañeros de clase incluso sabían escribir sus nombres, y un par de ellos eran capaces de contar hasta cincuenta.

Yo sabía que no podía seguirles el ritmo, así que decidí hacer que los demás aprendieran más despacio suministrándoles información errónea.

Sin embargo, mi plan fracasó y mi profesora le dijo a mamá que no estaba aprendiendo los colores y las formas como los otros niños. Pero mamá dijo que yo era listo y que tal vez el problema fuera que no estaba suficientemente MOTIVADO.

Entonces mamá me sacó de preescolar y me hizo SALTAR un curso, hasta kindergarten. Pero esa decisión fue un completo desastre.

Los chicos de kínder me parecían GIGANTES, y además sabían hacer cosas como manejar unas tijeras y pintar sin salirse de la raya.

No duré ni un día allí antes de que la profesora tuviera que llamar a mamá para que viniera a recogerme.

Al día siguiente, mamá me llevó otra vez a preescolar y le preguntó a la profesora si podía ocupar de nuevo mi sitio. Espero que tu expediente académico no te persiga toda la vida, porque si la gente averigua que me sacaron del kínder, podría resultarme difícil encontrar un buen trabajo más adelante.

<u>Lunes</u>

Estoy seguro de que mamá decidió que todo lo que había probado conmigo cuando era pequeño no había funcionado, porque ahora está adoptando una estrategia totalmente diferente con Manny.

Para empezar, mamá le permite a Manny ver todo lo que quiera en la tele, y está enganchado las veinticuatro horas del día a un programa llamado "Los Snurples".

Intenté ver "Los Snurples" varias veces, pero NO conseguía enterarme de nada de lo que ocurría. Los Snurples tienen su propio lenguaje, que supongo que solo lo entienden los niños de tres años.

Después de ver esos dibujos, Manny se siente muy frustrado cuando nadie de la familia puede entenderlo.

Pero el otro día, mamá leyó un artículo en el periódico que decía que ver "Los Snurples" hacía que el desarrollo del lenguaje de los niños se retrasara un año y que disminuía su capacidad de relacionarse socialmente.

Bueno, eso explica muchas cosas. En realidad Manny no tiene amigos, y cuando mamá invita a casa a otros niños para jugar, Manny es el único del grupo que no participa.

Creo que parte del problema es que a Manny no le gusta compartir sus juguetes, así que, cuando llegan los otros niños, se encierra con todas sus posesiones en el corral de ejercicio de nuestro difunto perro Sweetie.

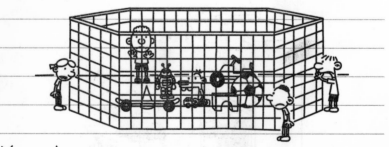

Y cuando mamá intenta convencerlo para que juegue con LOS DEMÁS, siempre fracasa.

Nuestra iglesia tiene una guardería en el sótano, adonde van todos los niños mientras dura la misa, para que puedan jugar y pintar. La primera vez que mamá envió a Manny ahí abajo, solo había un chico en la zona de juegos, y le dijo a Manny que era un vampiro.

Sentí lástima por Manny, porque cuando yo tenía su edad también tuve que vérmelas con un chico que me asustaba. En preescolar tenía que aguantar a Bradley, que me aterrorizaba siempre que podía.

Todos los días, al volver a casa, le contaba a mamá lo de Bradley y le decía que no quería volver al colegio. Pero aquel verano Bradley y su familia se mudaron, y el problema se resolvió solo.

Después de que Bradley se mudara, mamá escribió un cuento sobre un chico que siempre se portaba muy mal, titulado "El Malvado Bradley". Bradley ya era un chico malo en la vida real, pero en la versión de mamá era el mismísimo diablo.

BRADLEY, NO MUERDAS A LA PROFESORA.

Está prohibido morder a la profesora

¡ÑAC!

Creo que mamá iba a intentar publicar su cuento, pero Bradley y su familia REGRESARON a nuestro vecindario la primavera siguiente, así que descartó la idea.

Aunque nunca vio publicado su cuento "El Malvado Bradley", lo utilizó para enseñarle a Manny cómo hay que comportarse en el colegio. Y creo que esta es una de las razones por las que Manny tiene miedo a los chicos de su edad.

Manny no tiene amigos REALES, pero tiene un montón de amigos IMAGINARIOS. Ya he perdido la cuenta, pero recuerdo algunos nombres como Joey, Petey, Danny, Charles Tribble, el otro Charles Tribble, Tiny Jim, y Johnny Cheddar.

No sé cómo se le ocurrieron a Manny todos esos falsos amigos, pero de verdad que para él son REALES. Una vez se llevó a todos sus amigos imaginarios al súper y cogió una rabieta cuando mamá dejó olvidado supuestamente a Charles Tribble en la sección de congelados.

A veces me pregunto si no se habrá inventado a todos esos amigos imaginarios para obtener cosas como una ración extra de postre después de cenar.

Mamá dice que si le decimos a Manny que sus amigos no existen, podría "traumatizarse", así que tenemos que seguirle la corriente.

Espero que lo supere pronto, porque ya raya en lo ridículo. A veces tengo que esperar hasta que todos los amigos imaginarios de Manny hayan terminado de usar el baño antes de poder entrar.

Últimamente, Manny ha estado culpando a sus amigos imaginarios de las cosas que hace. El otro día, estrelló un plato contra el suelo y le dijo a mamá que había sido Johnny Cheddar, que al parecer es el más gamberro de todos.

En lugar de castigar a Manny por romper un plato y mentir, mamá decidió castigar a Johnny Cheddar. Lo malo es que el sitio donde debía pasar el tiempo castigado era el comodísimo sillón reclinable del salón, así que no pude sentarme en él para ver la tele.

Como ya he dicho, sé que toda esta movida de los amigos imaginarios no es más que un invento, pero Manny se lo toma tan en serio que hasta da miedo. Siempre que voy a sentarme en algún lado, tengo que asegurarme de que el asiento no está ocupado por ninguno de los amigos de Manny.

Lo último que necesito es dejarme caer en el sofá para ver la tele y aplastar a Tiny Jim.

Pero tampoco es que vea mucho la tele últimamente. Mamá está muy preocupada por Manny y sus habilidades sociales, y no le gusta que la tele esté encendida cuando él está cerca.

A mamá se le ha ocurrido poner en práctica una "Noche Familiar", en la que todos nos sentamos en torno a un juego de mesa o salimos a cenar en lugar de quedarnos viendo la tele.

La idea es que interactuemos más entre nosotros, para ver si Manny se contagia.

Cuando salimos a cenar, solemos ir a un lugar que se llama Restaurante Familiar de Corny. En el Corny hay una norma, y es que no se permite entrar con corbata. La primera vez que papá entró allí, se enteró de la peor manera.

En el Corny hay muchas secciones diferentes donde sentarse, pero, como siempre llevábamos a Manny con nosotros, nos sentábamos en una zona denominada el "Rincón de los Niños".

No creo que se molestaran en limpiar el "Rincón de los Niños" cuando una familia se marchaba y otra recién llegada la sustituía. Cuando llegabas a tu mesa, siempre había servilletas de papel arrugadas por el suelo y patatas fritas mordisqueadas en los asientos.

La primera vez que fuimos al Corny, no miré dónde me sentaba y aplasté un sándwich de mantequilla de maní y jalea sin la parte de arriba.

Otra cosa que me molesta del "Rincón de los Niños" es que está justo al lado de las puertas de los baños que se abren y cierran continuamente, de manera que puedes ver qué pasa ahí dentro cuando estás intentando comer.

Además, el servicio en el Corny es TERRIBLE, así que siempre vamos al buffet libre y nos servimos nosotros. La comida está en bandejas metálicas, y su contenido se suele mezclar de unas bandejas a otras.

¡EL QUE COME Y CANTA SE ATRAGANTA!

En el mostrador de los postres hay un dispensador de helado, donde puedes combinar tú mismo los sabores. Ya sé que suena genial, pero hay una razón por la que la mayoría de los restaurantes no permiten que sus clientes manipulen la máquina de helados.

A mamá le gusta el Corny porque hay una piscina de bolas, y alberga la esperanza de que Manny se acostumbre a jugar con otros niños de su edad.

Pero Manny se suele enterrar bajo un montón de bolas para esconderse de los otros niños, y espera a que sea la hora de marcharse.

El jueves pasado fuimos al Corny, y mamá hizo que Manny se metiera en el laberinto de tubos de plástico para que no se escondiera en la piscina de bolas. Pero a Manny le dio un ataque de pánico ahí arriba, y era incapaz de bajar solo.

TUM
TUM
TUM

Mamá me dijo que tenía que ir a buscarlo, ya que yo era el único de la familia lo suficientemente pequeño para gatear por los tubos.

Intenté trepar por el mismo camino que había seguido Manny para acceder a los tubos, pero era demasiado estrecho y tuve que dejarlo.

La única manera de llegar hasta Manny era introducirme por el tobogán de plástico en espiral que desemboca en la piscina de bolas. No soy demasiado aficionado a los sitios oscuros y cerrados, así que no me apetecía nada gatear por ahí.

Para asegurarme de que no bajaba nadie, antes de entrar, grité, pero los chicos no me hicieron caso y se tiraron igualmente por el tobogán.

¡AAAHHH!

Una vez superado el atasco de tráfico y remontado todo el camino hasta arriba, comencé a gatear por el laberinto intentando encontrar a Manny. No había ventilación y APESTABA a calcetines sucios.

PLUM
PLUM

Me di cuenta de que yo no era la persona idónea para ir a buscar a Manny, porque siempre me he sentido mal en los laberintos. El otoño pasado, mamá y yo entramos en el laberinto de maíz de la Granja Reynolds, y mamá contaba conmigo para encontrar la salida.

Pero me desorienté tanto que mamá tuvo que llamar a los bomberos para que vinieran a rescatarnos.

Ahora no tenía el móvil de mamá para salir del apuro. Y cuando un niño vomitó en un extremo del túnel, todos los demás corrieron en tromba, y me cortaron la retirada hacia la espiral.

Al fin encontré a Manny en uno de los túneles, pero para entonces estaba a punto de darme una crisis de ansiedad, así que al final uno de los camareros tuvo que trepar y rescatarnos a Manny Y a mí.

Lo peor de aquella experiencia fue que tuve que deshacerme de mis pantalones vaqueros favoritos, porque seguían oliendo a pies después de lavarlos tres veces con lejía.

SNIF
SNIF

Sábado

Me he despertado a las 6:30 de la mañana y no he podido volver a dormirme, lo cual ha sido frustrante. Llevo así desde principios de año.

Esta Nochevieja, mamá quiso que Manny experimentara qué se siente al estar levantado hasta medianoche, pero sin que tuviera que permanecer despierto hasta tan tarde, así que adelantó tres horas todos los relojes de la casa.

A MÍ no me dijo nada, así que cuando papá y mamá hicieron el conteo regresivo de las campanadas con Manny, pensé que era medianoche DE VERDAD.

Total, que esa noche me fui a la cama a las 10:30 convencido de que era la 1:30 de la madrugada, de modo que este año mi horario lleva un desajuste de tres horas.

Los fines de semana no suelo levantarme hasta que papá me arrastra literalmente fuera de la cama. SOBRE TODO, en invierno, cuando hace frío fuera y se está tan a gusto y calentito debajo del edredón.

Recuerdo una ocasión, el invierno pasado, en que papá me despertó un sábado a las 8:00, y me dijo que saliera y limpiara con una pala la nieve del sendero de la entrada.

Yo estaba en medio de un sueño fantástico, pero fui capaz de salir de la cama, limpiar el sendero con la pala, y retomar mi sueño como si nada.

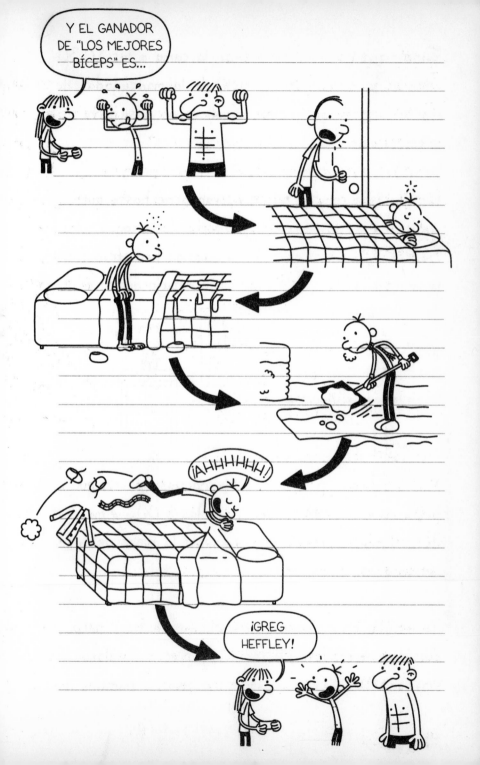

Esta mañana, al despertarme, me he quedado un rato en la cama, tratando en vano de dormirme de nuevo. Después he bajado las escaleras y me he preparado el desayuno. Los sábados por la mañana no hay nada que valga la pena en la tele antes de las 8:00, así que decidí ponerme a hacer mis tareas.

Rodrick y yo nunca tenemos dinero para comprar nada, así que mamá nos paga por hacer determinados trabajos. Uno de ellos consiste en quitar el polvo de los muebles del salón, y eso es lo que estaba haciendo esta mañana, cuando oí que llamaban a la puerta.

Abrí la puerta y ¡cuál fue mi sorpresa al ver a tío Gary allí de pie, en los escalones de la entrada!

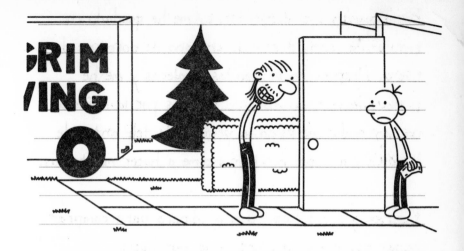

Papá bajó de su habitación un minuto después, y no parecía demasiado feliz de ver a su hermano pequeño.

Hace unas semanas, tío Gary llamó a papá y le dijo que tenía una oportunidad para un negocio de esas que "solo se presentan una vez en la vida", y que necesitaba un préstamo.

Papá no quería darle ni un céntimo a tío Gary, porque tiene muy mala fama a la hora de devolverlo.

Pero mamá le dijo a papá que se lo debería prestar, porque tío Gary es su hermano y la familia está para ayudarse. Mamá siempre nos está diciendo lo mismo a Rodrick y a mí. Espero no necesitar nunca un trasplante de riñón o algo así, porque si de Rodrick dependiera, podría verme en problemas.

Papá le envió el dinero a tío Gary, y no habíamos tenido noticias de él hasta hoy. Después de entrar en casa, tío Gary nos contó lo que le había ocurrido.

Nos explicó que había conocido a un tipo en Boston que vendía camisetas en una esquina y que le dijo que si quería hacerse cargo del negocio podía ganar un dineral.

Así que, cuando recibió el dinero de papá, compró todas las camisetas. Pero tío Gary no se fijó en que las camisetas tenían una errata y, cuando se vino a dar cuenta del problema, el tipo había desaparecido.

Tío Gary le dijo a papá que necesitaba un sitio donde vivir hasta que se recuperase del revés económico. A papá no le hizo ninguna gracia oír aquello, pero para entonces mamá ya había bajado y le dijo a tío Gary que podía quedarse con nosotros tanto tiempo como necesitara.

Pero cuando vio el camión de la mudanza aparcado en la entrada, mamá le dijo a tío Gary que no había sitio en casa para sus muebles.

Él le contestó que no debía preocuparse, que NO TENÍA muebles. ¡El camión estaba lleno de cajas de camisetas! Nos pasamos toda la mañana almacenando cajas en el garaje.

De todos modos, tampoco me parece que tío Gary vaya a desistir de venderlas. Le vendió una a Rodrick por $3.00, y me parece que Rodrick cree que es una ganga.

Lunes

Convivir con tío Gary no es nada fácil. Las primeras noches que pasó en casa, durmió en un colchón inflable en el cuarto de Manny, pero tío Gary sufre pesadillas que lo despiertan por la noche. El lunes tuvo una verdaderamente terrible.

¡HAY MONOS
EN LAS PAREDES!
¡HAY MONOS
EN LAS PAREDES!

Así que ahora tío Gary duerme en el sofá del salón, y han tenido que poner la cama de Manny en el centro de la habitación, lejos de las paredes.

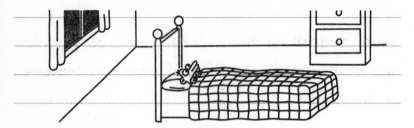

Es muy inconveniente que tío Gary acampe en el sofá. Sus pesadillas lo mantienen despierto toda la noche, así que duerme la mayor parte del día. Es algo realmente molesto cuando, después de volver del colegio, quieres pasar un rato viendo la tele.

Con todo, la persona que ha salido más perjudicada con esto de tío Gary es RODRICK.

Antes de que tío Gary se mudara a nuestra casa, Rodrick prácticamente VIVÍA en el sofá del salón, sobre todo los fines de semana.

Ahora Rodrick no tiene adónde ir cuando papá lo hace levantarse de su cama del sótano los sábados por la mañana.

El otro día, cuando Rodrick subió las escaleras y vio a tío Gary en su sitio, se puso a dormir en otra parte del sofá.

Papá le ha estado insistiendo a tío Gary para que se busque un trabajo, pero tío Gary dice que ya lo ha intentado y que no hay nadie que lo contrate.

A tío Gary ningún trabajo le ha durado más que unos días. El último fue el verano pasado, cuando probaba los productos de una empresa que fabricaba espray de pimienta. Estoy seguro de que se marchó antes del mediodía.

A papá le gustaría que tío Gary tuviera un trabajo como el SUYO, en una oficina y con un horario fijo.

Pero yo creo que tío Gary no está hecho para trabajar en una oficina, y no estoy seguro de que eso me convenga a mí tampoco. Papá tiene que ponerse camisa y corbata todos los días, y tiene que llevar zapatos de vestir y calcetines ejecutivos.

Ya he decidido que, cuando sea mayor, tengo que encontrar un trabajo donde no sea necesario llevar esos calcetines que te llegan hasta las rodillas.

¿ALGUIEN HA VISTO MIS PANTALONES?

El verano pasado papá me llevó al "Día de Traer a tu Hijo al Trabajo" de su oficina. Pero la gente de su empresa debió de darse cuenta de que su trabajo sería superaburrido para nosotros y contrataron todo tipo de espectáculos.

Durante la mayor parte del día, los niños estuvimos en la cafetería mientras los adultos trabajaban en sus despachos.

Hacia el final del día, papá me llevó a su despacho mientras él intentaba acabar un proyecto importante. Yo me senté detrás de él a esperar. Creo que le resultaba difícil concentrarse con alguien mirando por encima de su hombro.

Entonces, papá me dio dinero para que me comprara algo en la máquina expendedora. Probablemente estaba intentando librarse de mí un rato, por eso puso cara de no alegrarse demasiado cuando regresé un minuto más tarde con una caja de caramelos.

Papá me dijo que tenía que acabar lo que estaba haciendo, y que buscara un sitio por ahí para sentarme mientras él terminaba. Debía de estar muy distraído aquel día, porque cuando se marchó a casa se olvidó de mí. Si el conserje no llega a encontrarme, hubiera tenido que pasar la noche allí.

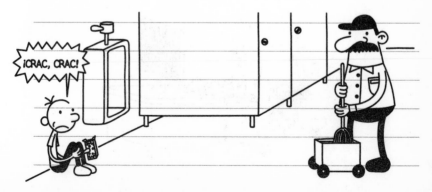

De todas formas, papá está irritado porque tío Gary no tiene dinero y se lo pide a él. Mamá ha empezado a darle un dinero semanal a tío Gary, aunque no tenga que hacer tareas para ganárselo, cosa que me parece mal.

Espero que tío Gary use su dinero para comprar jabón de burbujas para el baño. El segundo día ya se había terminado el mío, y no es lo mismo bañarse con el agua transparente.

<u>Martes</u>

Ojalá no hubiera tenido que tirar a la basura mis
pantalones vaqueros hace unas semanas, porque
hoy tenía que estar impecable en el colegio. Vamos
a tener un ciclo de baile de salón en educación
física, y la señora Moretta nos ha dicho que
tenemos que elegir una pareja.

Así que no era un buen día para ir con unos pantalones
de pana que ni siquiera me llegaban a los tobillos, si
quería encontrar pareja.

La señora Moretta dijo que debíamos escribir en
un papel el nombre de la persona con la que
queríamos bailar. Luego ella examinaría los papeles
y nos emparejaría lo mejor que pudiera. Hizo lo
mismo el AÑO PASADO, y me fue muy mal.

Escribí el nombre de la chica más guapa de la
clase: Baylee Anthony.

BAYLEE
ANTHONY

Pero ella no escribió MI nombre. Escribió el de
Bryce Anderson, como todas las chicas de mi clase.
Bryce escogió a McKenzie Pollard, y la señorita
Moretta decidió que Baylee fuera mi pareja,
porque yo la había elegido.

Al principio estaba encantado, porque había
conseguido que Baylee fuera mi pareja, pero luego
tuve que enfrentarme a ESTA clase de tontería
durante tres semanas:

QUE CONSTE QUE YO
NO LO HE ELEGIDO.

Sospecho que Baylee no quiere repetir lo que le ocurrió el año pasado, porque hoy habló con todos los chicos que no tienen posibilidades con ella y se lo hizo saber.

Para ser sinceros, no me importa quién sea mi pareja, mientras no me toque Ruby Bird.

RUBY BIRD

Hasta donde yo sé, Ruby es la única chica a quien han expulsado del colegio, y fue por morder a un profesor.

De hecho, la razón por la que Ruby solo tiene un diente incisivo frontal es porque dejó el otro en el codo del señor Underwood.

Trato de ser exquisito con Ruby cuando me encuentro con ella en el pasillo, porque me produce pánico.

Pero hoy me he quedado preocupado de que quizás haya sido DEMASIADO agradable y Ruby piense que ella ME GUSTA. Lo último que necesito es que escriba mi nombre en ese trozo de papel, porque estoy convencido de que si fuera mi pareja seguro que haría ALGO que la enfadaría y podría terminar con su otro diente en MI brazo.

Así que utilicé mi trozo de papel para intentar asegurarme de que eso no sucediera.

> Por favor, no me ponga
> de pareja con Ruby Bird.
>
> Atentamente,
> Greg Heffley

Incluso puse dentro una barrita de caramelo a medio comer que había guardado para mas tarde, para asegurarme de que la señora Moretta me ayudara.

Miércoles
Anoche recé una oración extra para pedir que Ruby Bird no fuera mi pareja de baile.

Entonces pensé que si a lo largo de tu vida solo escuchan cierto número de oraciones, yo podría estar aproximándome a ese cupo muy deprisa. No quisiera enterarme de que he agotado mis deseos, por haber actuado como si fueran infinitos.

Probablemente debería ser más cuidadoso al respecto. Este fin de semana se atascó el inodoro del baño de arriba, y yo recé para que el plomero no lo utilizara después de arreglarlo.

Que quede claro que el 75% de mis oraciones ha tenido éxito. No sé si eso es bueno o malo, pero estoy seguro de que nunca me van a regalar una espada láser por mi cumpleaños, no importa cuánto la desee.

De todas maneras, creo que tengo que ser más
específico cuando rece por algo, porque se me ha
concedido mi deseo para la clase de educación
física, pero no estoy demasiado satisfecho con los
resultados.

Al principio de la clase, la señora Moretta fue
diciendo los nombres de las parejas de baile, y yo
contuve el aliento cuando llegó a Ruby Bird.

A Ruby Bird la emparejaron con Fregley y, en mi opinión, están hechos el uno para el otro.

Cuando la señora Moretta terminó de leer los nombres de las chicas, quedaba todavía un grupo de chicos sin emparejar, entre ellos yo. Este año hay en mi clase muchos más chicos que chicas y, por tanto, era lógico que no todo el mundo tuviera pareja.

Pero yo estaba un poco decepcionado, porque nadie había escrito mi nombre en los papelitos.

Entonces los chicos nos dimos cuenta de que íbamos a librarnos del baile de salón, y podríamos pasarnos las siguientes tres semanas dándole patadas al balón, en el otro lado del gimnasio.

Pero nos precipitamos al celebrarlo. La señora Moretta dijo que TODOS teníamos que bailar, y empezó a emparejar a los chicos UNOS CON OTROS. Y como quien no quiere la cosa, estaba bailando un vals con Carlos Escalera.

<u>Lunes</u>

Hoy se ha cancelado la clase de educación física, porque en el cuarto período íbamos a tener una asamblea general. Tengo que admitir que me contrarió un poco cuando me enteré porque, aunque parezca increíble, Carlos y yo le habíamos pillado el truco al merengue.

Sin embargo, la mayoría de la gente estaba entusiasmada, porque no teníamos una asamblea general desde noviembre. Eso fue cuando un hipnotizador llamado el Espectacular Andrew actuó en el colegio.

Como broche final de su número, hizo que algunos alumnos de octavo alineados creyeran que tenían los brazos pegados unos a otros.

Entonces les dijo que podía separarlos con una palabra mágica, de modo que se despegarían simplemente cuando la pronunciara.

¡PEPINILLO!

Después del colegio, algunos chicos comenzaron a discutir acerca de si era un hipnotizador de verdad, o si esos alumnos de octavo formaban parte del número y estaban fingiendo.

Dos de los chicos que pensaban que lo del Espectacular Andrew era todo un cuento juntaron sus brazos, y entonces Martin Ford intentó hipnotizarlos, haciéndoles creer que estaban pegados.

Aunque parezca increíble, FUNCIONÓ. Los dos chicos no podían separar los brazos, y se asustaron mucho. Martin trató de despegarlos diciendo la palabra mágica, pero no lo consiguió.

Los niños volvieron al colegio, y un profesor tuvo que localizar al Espectacular Andrew, que estaba trabajando, para que él pronunciara la palabra mágica y los separara.

No tengo ni idea de cómo la escuela selecciona a los invitados que actúan en nuestras asambleas. El año pasado trajeron a Steve el Fortachón. Dio una charla para mantenernos apartados de las drogas e hizo una demostración de fuerza rompiendo una guía telefónica con las manos.

¡RAC, RAC!

No sé qué tiene que ver romper en dos una guía telefónica con mantenerse alejado de las drogas, pero los chicos del colegio se volvieron locos con este tipo. De hecho, la bibliotecaria tuvo que reponer la mitad de los libros de referencia de los estantes, tras la visita de Steve el Fortachón.

A quien espero que no traigan OTRA VEZ es a una cantante que se llamaba Krisstina. Creo que a la dirección del colegio le gusta invitar a Krisstina a las asambleas, porque las letras de sus canciones son muy positivas.

CONFÍA EN TUS SUEÑOS
Y VERÁS
TU CORAZÓN FELIZ.

INTENTA ALCANZAR
LAS ESTRELLAS
Y NO TE RINDAS.
¡TÚ TRIUNFARÁS
Y A LA CIMA LLEGARÁS!

Krisstina se define a sí misma como "una sensación del pop internacional", pero no sé cómo tiene la caradura de decir eso. Hasta donde sé, nunca ha salido del ESTADO.

GIRA MUNDIAL DE

Krisstina

Supermercado Shop-Mart
Centro comercial de Middletown
Pista de patinaje Roll-a-Round
Parque urbano Gazebo
Auto centro Rickman
Bolera de la Autopista 1
Lavado de coches Speediescrub

Una de mis asambleas favoritas fue cuando vino a la escuela un oficial de policía y nos contó lo que eran los "narc". Dijo que su trabajo consistía en hacerse pasar por estudiante de secundaria, y pasar informes de los chicos que fueran delincuentes potenciales.

Pensé que aquel trabajo sonaba FORMIDABLE.
Si me pagaban por ir a la escuela, sin tener
exámenes ni deberes Y enviar a los malvados a la
cárcel, entonces eso era lo mío.

Después de que aquel policía viniera al colegio, mi
amigo Rowley y yo decidimos montar una agencia
de detectives.

Por desgracia, no había demasiada demanda de detectives privados en nuestro barrio, y nadie nos quiso contratar. Pero DE TODAS MANERAS decidimos empezar a espiar a la gente.

Era la mar de divertido. Lo más fantástico de ser detective privado es que parte de tu trabajo consiste en meter las narices en las vidas de los demás.

Centramos nuestras investigaciones en el señor
Millis, que vive en mi calle, a unas pocas puertas
de la mía. No es que estuviera haciendo nada
sospechoso. Era porque sabíamos que tenía
conexión a todos los canales que dan películas.

Sin embargo, nuestra agencia se disolvió cuando
empezamos a investigar a Scotty Douglas. El
verano pasado yo le había prestado un videojuego
y él dijo que lo había perdido, pero yo sabía que
no era verdad, así que envié a Rowley a casa de
Scotty para que lo obligara a devolvérmelo.

Le enseñé a Rowley cómo aparentar ser un tipo
duro, haciendo crujir sus nudillos, de modo que Scotty
se diera cuenta de que no estábamos bromeando.

Pero al ver que Rowley no regresaba, comencé a preguntarme qué había sucedido. Me desplacé yo mismo a casa de Scotty para investigar, y sorprendí con las manos en la masa a Rowley jugando a mi videojuego con Scotty.

Tuve que despedir a Rowley en el acto y, si alguna vez monto otra agencia de detectives, lo primero que voy a hacer es contratar a un matón más amenazador.

No importa... Como iba diciendo, todo el mundo estaba alborotado por saber quién era el invitado en la asamblea de hoy.

Pero resultó que NO había invitado. Después de sentarnos en el gimnasio, el subdirector Roy dijo que nos había reunido a todos allí para anunciar unas elecciones extraordinarias para renovar el consejo escolar.

Las elecciones para el consejo escolar se celebraban en otoño, pero los representantes de los estudiantes no iban a las reuniones, porque se celebran durante el recreo, y los consejeros estaban hartos.

El subdirector Roy dijo que había dos condiciones para presentarse para el puesto de delegado. La primera, tener intención de asistir a todas las reuniones. La segunda, no haber sido castigado tres veces o más.

Es como si la segunda condición estuviera escrita pensando en MÍ, que acabo de cumplir mi tercera sanción.

En mi primer año de secundaria, un alumno de octavo grado me dijo que había un ascensor secreto pasa subir al segundo piso y que podía venderme un pase especial por cinco dólares.

Aquello ME pareció un buen trato, y le di los cinco dólares a cambio del pase, que tenía un aspecto muy oficial:

PASE DE ASCENSOR

Este pase da derecho al titular
a utilizar ilimitadamente
el ascensor de la escuela.

Pero resultó que todo era una estafa y que no existía ningún ascensor secreto.

Tenía guardado aquel pase desde entonces, pero hace unas semanas se lo vendí a un chico que acababa de llegar a la escuela.

Por desgracia no fui lo suficiente precavido: el subdirector Roy me pilló con las manos en la masa y me obligó a devolver el dinero.

Incluso me impuso una sanción, cosa que considero injusta, porque le había hecho un descuento al chico y se lo había vendido a mitad de precio.

Después de la asamblea me di cuenta de una cosa: a Rowley no lo habían sancionado nunca, por lo que era el candidato PERFECTO para el consejo escolar. Le dije que debería presentarse, pero me contestó que no sabría qué hacer si resultaba elegido.

Pero ahí es donde entraba yo. Le dije que, si sale elegido, yo me ocuparé de tomar las decisiones difíciles, y todo lo que tendrá que hacer él será asistir a las reuniones y seguir mis instrucciones. Creo que se trata de una idea GENIAL, porque tendré el poder pero sin perderme ningún recreo.

Me presté voluntariamente a ser su jefe de campaña, de modo que él no tenía que mover ni un dedo para salir elegido. Así que fuimos a la cartelera de anuncios del vestíbulo principal para apuntar a Rowley.

Le dije a Rowley que debería optar por uno de los cargos más importantes, como presidente o vicepresidente, pero él prefirió apuntarse para "portavoz social". No tengo la menor idea de lo que hace un portavoz social, pero con tal de que Rowley tenga voto en las decisiones importantes, no tengo ningún inconveniente.

Miércoles

Ayer algunos candidatos estaban colocando carteles en los pasillos y hacían campaña regalando chapas y caramelos. Así que YA íbamos retrasados.

Tenía que ingeniar algo para asegurarme la elección de Rowley, así que se me ocurrió lo siguiente.

Cuando los candidatos pronuncien sus discursos en el gimnasio, los estudiantes llenarán las gradas. En los juegos deportivos que he visto en la tele, los seguidores se pintan el pecho para animar a su equipo con mensajes.

Anoche cogí unas cuantas camisetas de las de tío Gary, las volví del revés y pinté una letra sobre cada una de ellas, de manera que formaban el mensaje: "VOTA POR ROWLEY JEFFERSON PARA PORTAVOZ SOCIAL". Me llevó toda la noche, y gasté unos veinte rotuladores, pero sabía que iba a causar un gran impacto en la asamblea.

Hoy llegué temprano a la escuela y le di un chicle a cada chico que accedió a ponerse una de las camisetas.

Pero, cuando llegamos al gimnasio, intentar que los chicos se situaran en fila en el orden correcto fue como intentar guiar una manada de gatos.

Los únicos candidatos que tenían que pronunciar un discurso eran los que se presentaban a presidente. Yo suspiré aliviado, porque cuando escuché a Rowley ensayar el suyo, estaba hecho un manojo de nervios.

SALUDOS, COMPAÑEROS ESTUDIANTES, ME LLAMO ROWLEY JEFFERSON, Y... YO... UH...

La primera candidata era una chica llamada Sydney Greene, una estudiante de matrícula de honor y que nunca en la vida había faltado a ninguna clase. Dijo que si salía elegida presidenta mejoraría el material del aula de música y organizaría un proyecto para sustituir los forros de los libros de la biblioteca.

El siguiente era Bryan Pedón. Tan pronto como el subdirector Roy lo llamó al escenario, todos empezaron a hacer ruidos groseros.

Estoy seguro de que Bryan dijo muchas cosas interesantes en su discurso, pero con todo aquel ruido no se le pudo entender ni una palabra.

Espero que cuando Bryan sea mayor no le dé por presentarse a presidente porque, si lo hace, los mítines de sus campañas van a ser algo BOCHORNOSO.

El último candidato en hablar era un chico que se llamaba Eugene Ellis. Eugene fue la única persona que se presentó a la presidencia sin colgar carteles y sin regalar piruletas ni nada de eso, así que nadie se lo había tomado en serio.

El discurso de campaña de Eugene tan solo duró treinta segundos. Dijo que si resultaba elegido haría que la escuela cambiara el papel higiénico barato de los baños por otro más caro y suave.

Cuando Eugene terminó su discurso, todos se pusieron como locos. Los chicos SIEMPRE se están quejando del papel higiénico, porque el que tenemos en la escuela es como papel de lija.

Y a juzgar por cómo reaccionaron ante el discurso de Eugene, no creo que Sydney ni Bryan tengan posibilidades.

Jueves

Tal y como yo había vaticinado, Eugene salió elegido presidente por una diferencia abrumadora. Rowley también ganó, pero porque era el único que se presentaba para portavoz social. De haberlo sabido, me habría ahorrado un montón de molestias con las dichosas camisetas.

El consejo escolar se reunió hoy por primera vez, y la señora Birch, la profesora que trabaja con el consejo, le comunicó a Eugene que el colegio no podía permitirse dotar los baños con papel higiénico suave, de modo que podía olvidarse del asunto.

La noticia corrió como un reguero de pólvora por toda la escuela y causó mucho malestar. La única razón por la que todo el mundo había votado a Eugene era por su campaña. Además, todos los años hacemos colectas para la escuela, y podrían gastar un poco de ese dinero en papel higiénico de calidad.

Yo pensaba que la escuela estaría nadando en la abundancia después de la ÚLTIMA colecta que tuvimos hace pocas semanas, y en la que estuvimos vendiendo barritas de chocolate. Hay que reconocerle el mérito a quien tuvo la idea. El colegio envió a los alumnos a su casa con cincuenta barritas de chocolate crujiente, se supone que para vendérselas a los vecinos.

CHOCOLATE CRUJIENTE

CHOCOLATE CRUJIENTE

No sé de ningún chico que no se comiera al menos tres o cuatro barritas de chocolate incluso antes de llegar a casa. De hecho, yo ya me había comido quince cuando mamá se enteró y dijo que parara de una vez.

Así, muchas familias como la mía tuvieron que enviar a la escuela un cheque para pagar las barritas de chocolate que se habían comido sus hijos. Es posible que no se vendiera ni una barrita en aquella colecta.

Sábado

Hablando de dinero, tío Gary se gastó esta semana toda su paga y me preguntó si podía prestarle algo de la MÍA. Cuando papá se enteró, se enfadó muchísimo.

Resulta que tío Gary se gastó el dinero en tarjetas de raspa y gana. Papá le dijo a tío Gary que eso era despilfarrar el dinero, porque hay más probabilidades de que te alcance un rayo que de ganar la lotería.

Tal vez papá debería haber escogido con más cuidado sus palabras, porque ahora Manny no pone un pie fuera de casa si está lloviendo.

De cualquier modo, las tarjetas de raspa y gana
son motivo de irritación para papá. Hace unos
años, por navidades, papá le compró a tío Gary
una bonita chaqueta , pero tío Gary solo le
regaló a papá una tarjeta de raspa y gana que
costaba solo un dólar.

Papá fue raspando con una moneda los cuadraditos
de la tarjeta y le salieron tres cerezas, lo que
significaba que acababa de ganar 100.000 dólares.

Pero resulta que el boleto era un artículo de broma
y era falso.

No le podemos ni mencionar esas navidades a papá, porque se pasa de mal humor el resto del día.

Lo que papá quiere DE VERDAD es que tío Gary consiga un trabajo para que pueda marcharse de casa. Yo también estoy empezando a desear que encuentre trabajo, porque últimamente le ha dado por pasar mucho tiempo en mi habitación jugando con la computadora.

Está enganchado a ese juego de mundos virtuales donde puedes ser todo lo que quieras, como un policía, un obrero de la construcción o una estrella de rock.

Pero en el juego, tío Gary es tan solo un tipo sin trabajo que compra todos los días un montón de tarjetas de raspa y gana.

FEBRERO

Jueves

Esta semana han sucedido muchas cosas importantes en la escuela.

Todo empezó el lunes durante la última reunión del consejo escolar. Las reuniones se celebran en la sala de profesores, y cuando el tesorero, Javan Hill, fue al servicio, volvió con un rollo de papel Almohada Ultra Suave.

Eso significaba que los profesores han estado usando papel de buena calidad, mientras que a nosotros nos hacían utilizar el barato.

Cuando Eugene Ellis se enfrentó a la señora Birch, ella sabía que los profesores estaban totalmente atrapados.

La señora Birch dijo que aunque los profesores utilicen papel Almohada Ultra Suave, no hay dinero en el presupuesto para surtir con papel caro todos los baños de los alumnos. Pero estaba dispuesta a hacer un trato.

Dijo que el colegio permitiría que los alumnos trajeran de casa su PROPIO papel higiénico. Y cuando la noticia se transmitió por los altavoces, fue una importante victoria para Eugene Ellis y el resto del consejo escolar.

El martes fue el día en que se permitió a los chicos traer su propio papel higiénico, y parece que algunos se pasaron un poco.

De hecho, algunos trajeron tanto papel higiénico que no les cupo en las taquillas, así que llevaban sus suministros a todas partes.

Probablemente todo habría transcurrido sin novedad, pero a la hora del almuerzo alguien le lanzó un rollo a otro, y en quince segundos aquello parecía una casa de locos.

Más tarde, el director dijo por los altavoces que, en lo sucesivo, solo se permitiría traer al colegio cinco rectángulos de papel al día. Esa regla me parece ridícula, porque no conozco a NADIE que se arregle solo con cinco rectángulos.

Ayer encontraron a varios chicos llevando más papel del autorizado, así que ahora los profesores están registrando nuestras bolsas cuando llegamos por la mañana.

Jueves

Para cuando el director estableció el límite de los cinco rectángulos de papel la semana pasada, yo ya había almacenado en mi taquilla unos veinte rollos.

Ahora los profesores hacen registros aleatorios en las taquillas de los alumnos, y sé que tarde o temprano van encontrar mi reserva clandestina.

Yo quería que mi suministro me durara hasta final de curso, así que necesitaba inventar algo para mantenerlo a salvo.

Decidí que la única forma de hacerlo era tener una cabina en el baño para mí solo.

Así que el lunes escogí una cabina que estaba bastante limpia y atranqué la puerta. Luego me arrastré por debajo para salir.

Después deslicé en el suelo unas viejas zapatillas deportivas que había traído de casa, para que pareciera que esa cabina estaba ocupada.

Cada vez que he querido utilizar el baño esta semana, he esperado que no hubiera nadie, y luego me he arrastrado por debajo de la puerta de mi cabina. Era como si me hubiera montado allí un pequeño apartamento. Ojalá se me hubiera ocurrido antes.

Durante unos días mi sistema funcionó a la perfección. Nadie INTENTÓ utilizar mi cabina particular.

Pero luego olvidé recoger del suelo una de las zapatillas, lo que imagino que resultaría muy sospechoso desde fuera.

No transcurrió mucho tiempo antes de que la gente averiguara que yo estaba acaparando papel higiénico del bueno, y las cosas cambiaron muy deprisa después de eso.

Viernes

Creo que a raíz de la experiencia con el papel higiénico, los alumnos aprendimos que si queríamos algo íbamos a tener que reunir el dinero por nuestros propios medios.

Así que la semana pasada, los del consejo escolar se exprimieron los sesos para recaudar fondos en la clase. La vicepresidenta, Hillary Pine, sugirió hacer un lavado de autos, y la secretaria, Olivia Davis, dijo que podíamos hacer un bazar gigante en el patio.

Yo pensé que podíamos vender palomitas de maíz dulces, pero o bien Rowley no tenía puesto el walkie-talkie con suficiente volumen o bien todo el mundo me ignoraba.

Eugene Ellis sugirió un combate de lucha libre profesional en el gimnasio, y Javan Hill tuvo la idea de un espectáculo de acrobacia con motos. Pero no se ponían de acuerdo sobre qué idea les parecía mejor, y por eso se decidieron por un espectáculo mixto de lucha libre y motocross.

Creo que Eugene se dio cuenta de que sacar adelante semejante proyecto iba a costar mucho trabajo, así que se lo encasquetó a su vicepresidenta. Hillary formó entonces un "Comité de Recaudación" y puso en él a todos sus amigos del consejo escolar.

El lunes Hillary informó al consejo escolar y dijo que todo el evento había sido perfectamente planificado, pero que el Comité de Recaudación había introducido algunos "pequeños cambios" en la idea original.

De alguna manera, el espectáculo mixto de lucha libre y motocross se había transformado en un baile de SAN VALENTÍN. Eugene y los otros chicos querían retomar la idea original, pero la señora Birch dijo que había que respetar la decisión del Comité de Recaudación. Estoy seguro de que en realidad no le hacía gracia la presencia de vehículos motorizados dentro del gimnasio.

Desde que se extendió el rumor acerca de un baile de San Valentín, no se habla de otra cosa en la escuela. Las chicas parecen muy entusiasmadas y se lo están tomando como una especie de baile de graduación.

Ya existe un Comité del Baile, del que Rowley forma parte debido a su cargo de portavoz social. Menos mal que hay representación masculina, porque si dejamos que decidan las chicas, Krisstina sería la atracción de la noche.

A la mayoría de los chicos no les importa el baile. He oído decir a muchos chicos que no piensan pagar tres dólares por ir a un baile en el gimnasio de la escuela. Pero eso cambió a principios de esta semana, cuando empezaron a circular las primeras tarjetas-golosina por la sala de estudio.

Las tarjetas-golosina son invitaciones al baile de San Valentín, y el Comité de Recaudación empezó a venderlas el otro día durante el almuerzo. Si pagas veinticinco centavos puedes enviarle una tarjeta a quien quieras, e inmediatamente Bryce Anderson recibió al menos cinco de diferentes chicas.

Querido Bryce:

Sería muy "dulce" de tu parte que me acompañaras al baile de San Valentín.

Firmado:

Jessica

Tras la distribución de la primera oleada de tarjetas-golosina, algunos chicos que no habían recibido ninguna tenían celos de los que SÍ las habían recibido. Y ahora, de pronto, TODO EL MUNDO deseaba ir al baile, porque nadie quería que lo dejaran de lado. De manera que en el almuerzo de ayer se produjo una gran demanda de tarjetas.

Como ya he dicho antes, este año hay más chicos que chicas en mi grado, y creo que muchos están nerviosos porque pueden quedarse sin pareja para el baile. Por eso ahora, muchos chicos actúan de manera diferente cuando hay una chica cerca.

Durante el almuerzo, los chicos suelen catapultar puré de papas con una cuchara hacia el techo, tratando de que se quede pegado.

No me pregunten QUÉ ponen en el puré de
papas para que quede pegado así.

A veces me olvido de mirar hacia arriba cuando
busco un sitio donde sentarme.

Las chicas detestan esos juegos con el puré, y por
eso suelen sentarse en el otro lado de la
cafetería. Pero ahora los chicos saben que no van
a conseguir que ninguna chica vaya con ellos al baile
si actúan como idiotas.

Puedo asegurar que a muchos chicos les cuesta tener un comportamiento maduro en presencia de chicas. Por eso algunos, para compensar, se están portando muy mal cuando no hay chicas cerca.

El otro día estábamos en plena clase de educación física, en baloncesto, con las chicas jugando a un lado del gimnasio y los chicos en el otro. A un muchacho llamado Anthony Renfrew se le ocurrió la gracia de bajarle los pantalones a Daniel Revis cuando practicaba tiros libres.

Todo el mundo se rió excepto Daniel, pero luego Daniel pescó por detrás a Anthony cuando iba a hacer un gancho. Después fue el desmadre, con todo el mundo bajándole los pantalones a todo el mundo. Y desde entonces ha sido TERRIBLE.

Ahora todo el mundo anda tan paranoico por si le bajan los pantalones que nadie se atreve a ponerse de pie durante las prácticas.

He empezado a ponerme dos pares de calzoncillos debajo del pantalón deportivo como medida de seguridad extraordinaria.

Las cosas se han puesto tan mal que el subdirector Roy vino al gimnasio hoy para sermonearnos. Dijo que aquello no tenía ninguna gracia, y que se expulsará a cualquier alumno a quien se le pille bajándole el pantalón a otro.

Pero el subdirector Roy debería haber mirado dónde se situaba, porque un chico se coló por debajo de las gradas y lo dejó casi con el trasero al aire.

Quien lo hiciera escapó antes de que el subdirector Roy pudiera echarle el guante. Nadie sabe a ciencia cierta quién fue, pero todo el mundo lo llama el "Bajapantalones Loco".

Martes

Hace como una semana que aparecieron esas tarjetas-golosina y estoy un poco preocupado, porque no he recibido ninguna todavía. Nunca he tirado puré de papas al techo, ni nunca le he bajado los pantalones a nadie, por eso no sé qué es necesario hacer para impresionar a una chica en estos tiempos.

Da la impresión de que todos los de mi aula han recibido una tarjeta. Incluso Travis Hickey ha recibido una, y ese chico, por un cuarto de dólar, es capaz de comerse una corteza de pizza sacada de un cubo de basura.

Tío Gary estaba con su juego de computadora la otra noche en mi habitación, y le conté lo del baile de San Valentín y las tarjetas-golosina. Aunque parezca mentira, me dio un buen consejo.

Me dijo que la mejor manera de llamar la atención de una chica es que parezca que no estás "disponible". Y que lo que tenía que hacer era comprar unas cuantas tarjetas y enviármelas a MÍ MISMO, de modo que las chicas piensen que estoy muy cotizado.

Probablemente debería haber hablado mucho antes con tío Gary. Ha estado casado ya cuatro veces, así que es todo un EXPERTO en relaciones con mujeres.

Ayer me gasté dos dólares en tarjetas-golosina, y hoy me las han entregado.

¡AQUÍ HAY OTRA PARA GREG HEFFLEY!

BOSTEZO

Solo espero que funcione, porque esos dos dólares era lo que tenía para el almuerzo.

Viernes

El miércoles ya me había gastado cinco dólares, y me di cuenta de que si seguía comprando tarjetas para enviármelas a mí mismo me iba a morir de hambre, así que decidí comprar una tarjeta para una CHICA y ver cómo me iba.

Y ayer a la hora del almuerzo compré la tarjeta y se la envié a Adrianne Simpson, que se sienta a tres puestos de mí en clase de inglés. Pero no quise arriesgar un cuarto de dólar en una sola persona, y me aseguré de sacarle provecho a mi dinero.

Querida Adrianne:

Sería muy "dulce" de tu parte
que me acompañaras al baile
de San Valentín.

Firmado:

Greg Heffley

P.S. Si tu respuesta es "no", por favor, entrégale esta tarjeta a Julia Barros, que está dos asientos a tu izquierda.

Adrianne y Julia me lanzaban miradas asesinas cuando llegué a clase hoy, de modo que doy por supuesto que la respuesta de ambas es negativa.

Me di cuenta de que las tarjetas no son la ÚNICA manera de invitar a una chica al baile. Hay una chica llamada Leighann Marlow que, cuando está en la sala de estudio, se sienta en la misma silla que yo uso para clase de historia. Así que le escribí una nota encima del pupitre y no me costó ni un céntimo.

Por desgracia, me olvidé de que los que se quedan castigados después de clase lo hacen en esa misma aula, y algún imbécil respondió antes de que Leighann pudiera ver mi mensaje.

Hola, Leighann:
Si estás buscando una pareja para ir al baile, házmelo saber contestando esta nota.

Greg Heffley

Hola, Greg:
Lo siento, pero no estoy interesada en ir al baile contigo.
Leighann

Querido Greg:
Sí, iré al baile contigo.
P. S: ¿Te quieres casar conmigo?

MUÁ
MUÁ

¡JA, JA, JA!

Me estoy poniendo un poco nervioso, porque me parece que ya no quedan demasiadas chicas para elegir.

Una chica que todavía no tiene pareja es Erika Hernández. Acaba de romper con su novio, un tal Jamar Law que se hizo famoso en todo el colegio cuando se le atascó la cabeza en una silla. El conserje lo tuvo que liberar utilizando incluso un serrucho. Está publicado en el anuario y todo.

Situación bochornosa: El señor Lewis tuvo que ayudar a Jawar Law cuando se le atascó la cabeza en una silla en la clase de arte de la señorita Moran.

Erika es una chica realmente guapa y agradable. ¿En qué estaría pensado cuando empezó a salir con un inútil como Jamar Law?

Ella PODRÍA encabezar mi lista para el baile. Pero me preocupa que, si la cosa funciona entre nosotros, yo fuera a estar siempre pensando en su novio anterior y no pudiera superarlo.

La situación de Erika Hernández me hace preguntarme qué otras chicas podrían tener un Jamar Law en su pasado. Es difícil seguir la pista de quién ha salido con quién en mi escuela, y se trata de una información importante cuando estás buscando pareja para el baile. Así que tracé un diagrama para ver las conexiones que hay entre todos los de mi clase.

Todavía me falta mucho para terminarlo, pero he aquí una versión parcial.

La persona que me tiene preocupado es un chico que se llama Evan Whitehead. Le he oído jactarse de haber besado a un puñado de chicas de mi curso.

Pero la semana pasada lo enviaron a su casa porque tenía varicela, y yo ni siquiera sabía que todavía se pudiera CONTRAER. A saber a CUÁNTAS chicas infectó Evan.

Una chica a la que seguro que Evan nunca ha besado es Julie Webber, porque ha estado saliendo con Ed Norwell desde quinto grado. Pero he oído que últimamente su relación está un poco inestable, así que veré qué puedo hacer para precipitar los acontecimientos.

Martes

Tío Gary me dijo que si quiero que una chica vaya al baile conmigo tendré que pedírselo cara a cara. He estado tratando de evitar esa situación, aunque creo que quizá tenga razón.

Hay una chica que se llama Peyton Ellis que siempre me ha gustado. Ayer, cuando la vi bebiendo agua, me quedé de pie, aguardando pacientemente a que terminara. Pero Payton me vio con el rabillo del ojo y adivinó que iba a pedirle que fuera mi pareja en el baile, así que continuó bebiendo y bebiendo mientras yo esperaba allí como un bobo.

En eso, sonó el timbre y ambos nos tuvimos que ir a clase.

Apenas conozco a Peyton, así que quizá no fuera buena idea preguntarle. Me di cuenta de que probablemente debería limitarme a las chicas con las que tengo algún tipo de relación. La primera persona que se me ocurrió era Bethany Breen, mi compañera de laboratorio en clase de ciencias.

Pero creo que no le he causado buena impresión a Bethany. Estamos en medio de nuestro curso de anatomía, y durante los últimos días hemos estado disecando ranas. Soy muy remilgado para esas cosas y me limito a dejar que Bethany haga la disección, mientras yo me paro al otro lado de la sala, procurando no vomitar.

Aunque, en serio, no entiendo qué hacemos a estas alturas y en esta época abriendo ranas para ver lo que hay dentro.

Si alguien me dice que dentro de las ranas hay un corazón e intestinos, no tengo ningún problema en creérmelo.

Estaba contento de tener a Bethany como compañera de laboratorio. Recuerdo que en primaria, cuando una profesora elegía a un chico y una chica para que hicieran algo juntos, el resto se ponía INSOPORTABLE.

PETER Y LISA, LIMPIEN LA PIZARRA, POR FAVOR.

¡UUUUY UUUUY UUUUY!

Cuando me eligieron como compañero de laboratorio de Bethany esperaba que el resto de la clase reaccionara así, pero parece que ya los chicos habían superado esa etapa.

Aunque no haya impresionado a Bethany con mis habilidades para la disección, todavía considero que podría tener posibilidades. No es por presumir, pero HE SIDO un compañero de laboratorio la mar de divertido.

Ayer a última hora, me dirigí a Bethany cuando iba a coger el abrigo de su taquilla.

Tengo que admitir que cuando fui a hablar con ella estaba un poco nervioso, y eso que pasamos juntos cuarenta y cinco minutos todos los días como compañeros de laboratorio. Pero antes de que pudiera pronunciar una palabra, empecé a pensar en las ranas. En resumen, no creo que las cosas puedan funcionar entre nosotros.

Anoche cuando le conté a tío Gary lo que había pasado en la escuela, me dijo que mi problema es que estaba actuando en solitario y que necesito un "hombre de confianza" que me haga lucir bien ante las chicas y así me sea más fácil abordarlas.

Bien, creo que Rowley puede ser el "hombre de confianza" PERFECTO para mí, porque ya me ayuda a lucir bien sin tener que hacer nada.

Hoy le he preguntado a Rowley si quería ser mi "hombre de confianza", pero no entendía el concepto, así que dije que era como ser mi director de campaña, pero para el baile.

Rowley dijo que podíamos ser directores de campaña EL UNO DEL OTRO y ayudarnos a conseguir pareja para el baile, pero yo le dije que era mejor hacerlo por separado. Creo que tenemos que solucionar primero mi situación, porque conseguir una pareja para Rowley es una misión imposible.

Durante el almuerzo probamos lo del "hombre de confianza" a ver qué tal, pero creo que tenemos que mejorar mucho.

ESCUCHÉ QUE GREG HEFFLEY TIENE TREMENDOS MÚSCULOS.

Jueves

Hoy, cuando volvíamos del colegio, Rowley me dijo que había oído a una chica del Comité del Baile decir que Alyssa Grove acaba de romper con su novio y anda buscando pareja para el baile.

EXACTAMENTE por esta razón nombré a Rowley mi "hombre de confianza". Alyssa es una de las chicas más populares del colegio, así que tenía que actuar deprisa, antes de que los cretinos de mi clase se me adelantaran.

En cuanto llegué a casa, llamé directamente por teléfono a Alyssa, pero no estaba. Enseguida respondió el contestador y de pronto me di cuenta de que le estaba dejando un mensaje.

ESTO... SOY GREG HEFFLEY... EH... Y LLAMO... EH... PARA... HUMM

Pulsé la tecla de número para borrar mi mensaje y empezar otra vez. Pero mi segundo mensaje tampoco quedó bien.

HOLA, SOY GREG HEFFLEY, ESTOY INTENTANDO HABLAR CON MELISSA PARA VER SI...

¡MALDICIÓN!

Hice casi veinte intentos de mensaje, porque quería que me saliera bien. Pero Rowley estaba en la habitación conmigo tratando de no hacer nada de ruido, y cuando lo miraba me daba risa.

Un rato después, Rowley y yo estábamos divirtiéndonos de lo lindo y haciendo tonterías.

Tío Gary me dijo que mirara en el armario de
papá, porque a veces los adultos tienen cosas
viejas con mucho estilo. En la vida he visto llevar
nada con estilo a papá, pero estaba dispuesto a
intentarlo.

Me alegré de que tío Gary me diera aquel consejo
porque, aunque pueda parecer increíble, encontré
EXACTAMENTE lo que buscaba en el fondo del
armario de papá.

Era una CHAQUETA DE CUERO NEGRO. Nunca he visto a papá llevarla puesta, y por eso supuse que debió de comprarla antes de que yo naciera.

Ni idea de que papá tuviera algo tan chulo. Desde entonces, lo miro de otra manera.

Me puse la chaqueta y bajé las escaleras. Papá pareció muy sorprendido cuando vio su vieja chaqueta de cuero, y dijo que se la compró cuando estaba empezando a salir con mamá.

Le pregunté si la podía tomar prestada, y me dijo que ya no la necesitaba y que, por él, todo estaba OK.

Por desgracia, mamá no estuvo de acuerdo con la idea. Dijo que era una prenda muy cara para un estudiante, y que yo podía estropearla o perderla.

Le dije que no era justo, porque estaba en el armario cogiendo polvo y, por tanto, no importaba lo que le pasara. Pero mamá dijo que, con ella puesta, iba a "dar una impresión equivocada", y añadió que no era una prenda de invierno. Me mandó guardarla de nuevo en el armario de arriba.

Pero esta mañana, mientras me duchaba, no paraba de pensar que sería genial ir con esa chaqueta a la escuela. Pensé que podía sacarla de casa a escondidas y devolverla al armario después sin que mamá se diera cuenta.

Así que cuando mamá le estaba dando el desayuno a Manny, subí las escaleras, cogí la chaqueta y desaparecí por la puerta.

¡Y AQUÍ VIENE UN AVIÓNNNN!

ZIP

Para empezar, hay que reconocer que mamá tenía razón cuando decía que aquella chaqueta no era una prenda de invierno.

No tenía forro, y cuando estaba a mitad de
camino empecé a arrepentirme de mi decisión.

Los guantes se me habían quedado en casa, en el
abrigo de invierno, y las manos se me estaban
CONGELANDO. Las metí en los bolsillos de la
chaqueta y comprobé que no estaban vacíos.

En un bolsillo había unas gafas de sol muy lindas,
modelo aviador, un regalo imprevisto. En el otro
bolsillo había una tira de fotos de esas que te
haces en un fotomatón de un centro comercial.

Al principio no reconocí quiénes eran, pero luego me di cuenta de que se trataba de mamá y papá.

Deseé no haberlas visto después de haber tomado el desayuno.

Cuando llegué al colegio, todo el mundo me miraba mientras caminaba por el pasillo.

De hecho, llamé tanto la atención que decidí quedarme con la chaqueta puesta el resto del día. Me sentí como si fuese otra persona.

Unos minutos antes de que sonara el timbre de la primera clase, alguien golpeó enérgicamente la ventanilla de la puerta.

Casi me dio un ataque al corazón cuando vi quién era.

PUN
PUM
PUM

Cuando el profesor abrió la puerta, mamá fue hasta mi pupitre y me hizo darle la chaqueta de cuero de papá delante de todo el mundo.

Le dije a mamá que hacía mucho frío fuera como para ir andando hasta casa sin una chaqueta, así que me dio SU abrigo para que me lo pusiera.

La situación no era para tirar cohetes, pero al menos no pasé frío al volver a casa.

Miércoles

Ahora que todo el mundo sabe que mi madre me hizo llevar su abrigo, me va a resultar más difícil encontrar pareja para el baile.

Por eso he decidido que la mejor opción será llevar al baile a alguien que NO sea de la escuela. Y creo que ya sé cuál es el mejor sitio para buscar pareja: la iglesia.

He oído que los chicos de los colegios religiosos piensan que los que van a la escuela pública son unos tipos duros. Así que cuando me encuentro en la iglesia a uno de mis amigos, siempre me hago el duro delante de ellos.

Recientemente, mamá ha hecho amistad en la iglesia con la señora Stringer, porque las dos trabajaron en el Comité de la Feria de Otoño.

Los Stringer tienen dos hijos que van a un colegio religioso, un chico que se llama Wesley y una chica que se llama Laurel. Nunca he visto a Wesley; debe de estar en la guardería del sótano con los niños pequeños cuando hay servicio religioso.

SR.
STRINGER

LAUREL
STRINGER

SRA.
STRINGER

Hace unas cuantas noches, mamá invitó a toda la familia Stringer a cenar este viernes en casa. Creo que espera que Manny y Wesley se caigan bien y por fin Manny pueda tener un amigo en la vida real.

Pero yo veo aquí una oportunidad real para MÍ. Laurel está en el mismo curso que yo, y es más guapa que la mayoría de las chicas de mi clase, así que esta cena podría cambiar mi suerte.

<u>Viernes</u>

Mamá se pasó un montón de tiempo para tener la casa ordenada antes de que llegaran los Stringer, y al echar un vistazo pensé que sería mejor que yo también echara una mano.

Estaba todo lleno de detalles embarazosos. Para empezar, todavía teníamos el árbol de Navidad puesto en el salón. Era mucho trabajo desmontarlo, así que papá y yo simplemente lo llevamos al garaje.

BOING

Había pañales pegados en todas las esquinas de los muebles del salón, de cuando mamá puso protecciones por la casa porque Manny estaba empezando a gatear.

Utilizó cinta de embalar para pegar los pañales, y fue MUY difícil de quitar.

Tío Gary estaba echándose una siesta en el sofá del salón, así que lo cubrimos con una sábana, esperando que a nadie le diera por sentarse allí.

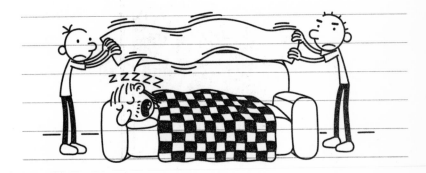

Lo siguiente era la cocina. Había un mural en la pared con los certificados y diplomas que mamá nos había concedido a lo largo de los años.

Todo lo que aparecía con mi nombre era penoso, así que descolgué el mural de la pared y lo escondí dentro de la despensa.

Cuando llegaron los Stringer, habíamos solucionado los detalles más importantes. La visita empezó de forma agitada. ¿Recuerdan que Manny tenía miedo de un niño que se comportaba como un vampiro en la iglesia? Pues resulta que ese niño era Wesley Stringer.

Así que las esperanzas de mamá de que Manny
tuviera un nuevo amigo quedaron descartadas. Manny
se escapó de la cena y se pasó el resto de la noche
en su cuarto, cosa que debería haber hecho yo
también, porque mamá había preparado una cena muy
sofisticada para impresionar a nuestros invitados.

Era pollo con crema de champiñones con espárragos
por encima. Ya sé que se supone que los espárragos son
muy sanos, pero para mí son como kriptonita.

Sin embargo, no quería parecer poco refinado
delante de Laurel, y decidí cerrar los ojos,
taparme la nariz y tragármelos.

Los adultos se pusieron a hablar de política y otros
temas superaburridos, y Laurel y yo teníamos que
estar allí sentados y escuchar.

Mamá le habló a la señora Stringer de varios restaurantes elegantes donde van papá y ella cuando salen por la noche. La señora Stringer dijo que su marido y ella nunca pueden salir a cenar los fines de semana, porque Laurel siempre está fuera con sus amigas y no conocen a ninguna niñera fiable para que se quede con Wesley.

Le dije a la señora Stringer que si alguna vez necesitaban una niñera, ME podían llamar.

Pensé que era un buen sistema para caerle bien a los Stringer y ganar dinero al mismo tiempo. A mamá también le gustó la idea, y dijo que hacer de niñera sería una gran experiencia para mí. La señora Stringer pareció muy impresionada y me preguntó si estaba libre mañana, y le dije que sí.

No quiero adelantarme a los acontecimientos, pero estoy seguro de que unas navidades me sentaré con los Stringer y todos nos reiremos al recordar que yo hacía de niñera de mi cuñado, Wesley, cuando estaba en secundaria.

Sábado
Mamá me dejó en casa de los Stringer a las 6:30 p.m.

La señora Stringer dijo que Laurel ya se había ido a casa de una amiga, cosa que me contrarió porque yo esperaba estar con ella unos minutos y hablarle de lo del baile.

La señora Stringer me dijo que acostara a Wesley a las 8:00, y que ellos regresarían a casa a las 9:00. Me dijo que podía ver la tele hasta que llegaran y coger lo que quisiera de la nevera si me apetecía tomar algo.

Cuando se marcharon los señores Stringer, Wesley y yo nos quedamos solos. Le pregunté a Wesley si quería echar una partida a un juego de mesa o algo por el estilo, pero respondió que quería ir al garaje a buscar su bici.

Le dije que hacía mucho frío para salir a pasear en bici, pero es que no quería salir sino que pretendía montar en bici DENTRO. Los Stringer tienen la casa muy cuidada y agradable, y estaba seguro de que no les iba a gustar que Wesley les rayara el piso de madera. Así que le dije que había que pensar en hacer otra cosa.

Wesley cogió una rabieta tremenda. Cuando se calmó, me dijo que quería pintar. Le pregunté dónde estaban los lápices de colores y me contestó que en el lavadero. Pero cuando entré allí, escuché el ruido del pestillo de la puerta detrás de mí.

Entonces pude oír cómo se abría la puerta del garaje y cómo Wesley recorría la cocina en bici.

Aporreé la puerta para que me dejara salir, pero no me hizo ni caso.

A continuación oí cómo se abría la puerta del sótano y un sonido estruendoso, seguido de una ENORME colisión. Oí a Wesley llorar desde el descansillo de las escaleras, y me asusté porque parecía haberse hecho mucho daño.

Cuando se hizo el silencio, pude escuchar a Wesley arrastrando su bici hasta lo alto de las escaleras. Luego se lanzó abajo, se estrelló OTRA VEZ y de NUEVO empezó a llorar.

No exagero si digo que la cosa duró una hora y media. Pensé que Wesley terminaría por cansarse, pero qué va. Recordé que los Stringer habían dicho que no podían encontrar niñera para Wesley. Ahora me lo explico.

Suponía que tendría que castigar a Wesley por haberme encerrado en el lavadero cuando consiguiera salir de allí. Lo que MERECÍA era una buena zurra, pero me imagino que eso no iba con los Stringer.

Decidí que iba a castigar a Wesley encerrándolo en su habitación durante un rato, porque eso era lo que hacían mis padres conmigo de pequeño cuando me portaba mal. De hecho, cuando era pequeño incluso RODRICK me encerraba en el cuarto.

Lo curioso es que yo ignoraba que Rodrick no tenía AUTORIDAD para hacer eso. No podría contar las horas que pasé sentado de cara a la pared cuando Rodrick me cuidaba.

En una ocasión estaba solo en casa con Rodrick,
y jugando con la pelota rompí una fotografía de
la boda de mamá y papá. Rodrick me castigó
media hora.

Cuando mamá y papá regresaron a casa, vieron la
fotografía rota y preguntaron quién de los dos lo
había hecho. Les dije que había sido yo, pero que
no necesitaban castigarme porque RODRICK ya
lo había hecho.

Pero mamá dijo que solo ella y papá podían castigarme, así que tuve que cumplir un DOBLE castigo por haber roto la fotografía.

Pensé que Wesley merecía un castigo TRIPLE por haberme encerrado en el lavadero. Pero se estaba haciendo tarde, y sabía que iba a quedar mal si los Stringer regresaban y me encontraban todavía encerrado allí dentro.

Así que empecé a buscar otra salida. Había una nevera de repuesto que bloqueaba el paso a la terraza de atrás, de modo que empujé con todas mis fuerzas e hice el hueco suficiente para escurrirme por la puerta abierta.

Fuera hacía mucho frío, y yo solo llevaba los pantalones y una camiseta. Intenté entrar por la puerta principal, pero estaba cerrada.

Decidí que si quería sorprender a ese chico con la guardia bajada, no podía descuidar el factor sorpresa. Así que di una vuelta alrededor de la casa y fui probando todas las ventanas, hasta que encontré una que no estaba bien cerrada. Entonces la empujé hasta abrirla y me colé dentro.

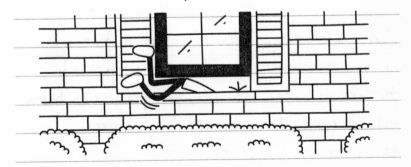

Fui a parar a lo que parecía ser el dormitorio de alguien. Miré alrededor y me di cuenta de que debía de ser el de Laurel.

Como he dicho, hacía un frío polar ahí fuera, y necesitaba entrar en calor antes de ir a buscar a Wesley. Pero me arrepiento de haberme quedado allí unos minutos, porque mientras permanecía en la habitación de Laurel, los señores Stringer regresaron a casa.

AAAHHH...

Con suerte, todos podremos reírnos también de esta historia en alguna comida de Navidad. Pero va a pasar un tiempo antes de que el señor Stringer esté listo para reírse de este incidente.

Miércoles

Después de que se hubieran esfumado mis posibilidades con Laurel Stringer, desistí de buscar pareja para llevar al baile. Solo faltan tres días, y a estas alturas todos los que piensan asistir están emparejados con alguien. Así que me imaginé que la noche del sábado me quedaría en casa, entretenido con los videojuegos.

Pero ayer, después de una de sus reuniones con el Comité del Baile, Rowley me dio una noticia que iba a cambiarlo TODO.

Dijo que Abigail Brown estaba disgustada durante la reunión, porque el chico con quien pensaba ir, Michael Sampson, la había dejado plantada a causa de un compromiso familiar. Así que ahora Abigail está colgada, sin nadie que la acompañe al baile.

De modo que el escenario está montado para que yo haga mi aparición y sea el héroe. Le dije a Rowley que era su gran oportunidad de desempeñar su papel como mi "hombre de confianza" y presentarme a Abigail.

La cuestión es que, en realidad, Abigail no me conoce, y yo dudaba si ella accedería a ir al baile con una persona a la que no conoce. Así que le dije a Rowley que convenciera a Abigail para que fuéramos los tres JUNTOS al baile como un "grupo de amigos".

A Rowley pareció gustarle la idea, porque ha andado ocupado con el Comité del Baile, y tampoco tiene con quién ir.

Yo imaginaba que los tres podíamos salir a cenar, y que, en el restaurante, Abigail se daría cuenta de que yo era un gran chico. Para cuando fuéramos al baile, podríamos estar emparejados.

El único problema era el TRANSPORTE. No pensaba pedírselo a mamá, porque los asientos de nuestra furgoneta tenían una costra de cereales y Dios sabe de qué más. Además, juntar a mamá con una chica podía resultar desastroso.

¡PARECE QUE FUE AYER CUANDO GREG TODAVÍA LLEVABA PAÑALES!

Sé que si quiero impresionar de verdad a Abigail debería alquilar una limusina, pero esas cosas cuestan un DINERAL. Entonces se me ocurrió una idea.

El padre de Rowley tiene una preciosidad de auto, y supuse que ÉL nos podría llevar. Abigail ni siquiera tendría que saber que era del padre de Rowley. Si no decimos nada, podría creer que es un chofer. Puede que hasta le consiga una gorra, para que la idea cuele mejor.

Por supuesto, tampoco le diríamos nada al SEÑOR JEFFERSON. Él y yo tenemos una historia llena de incidentes, y seguro que no está deseando hacerme ningún favor.

Las cosas empezaron a encajar hoy. Rowley habló con Abigail, y le gustó la idea de ir como un "grupo de amigos". Y, además, el señor Jefferson está de acuerdo con lo de llevarnos al baile.

Así que cruzo los dedos para que de aquí al sábado no ocurra nada que pueda estropear las cosas.

Viernes

Le conté lo del baile a tío Gary, y parece que hasta está más nervioso que yo. Quería saber todos los detalles, cuántos íbamos a ser y si habíamos contratado a un DJ. Pero yo no sabía qué contestarle, porque el que estaba en el Comité del Baile era Rowley, y todas esas cosas eran competencia suya.

Yo estaba más centrado en qué iba a PONERME. Tío Gary me había dicho que si quería causarle buena impresión a la chica debería ir con traje. Busqué en el armario de Rodrick, y encontré el traje que llevó puesto en una de las bodas de tío Gary.

No pude encontrar agua de colonia en el cajón de
Rodrick, pero había un espray corporal que
siempre están anunciando en la tele. Sin embargo,
utilizar aquello me ponía un poco nervioso, porque
si funcionaba como decían los anuncios, la noche de
mañana podría resultar una pesadilla.

¡¡¡CHILLIDOS HISTÉRICOS!!!

Mi tío abuelo Bruce se murió hace unos años, y yo
sabía que guardábamos en el garaje una caja con
algunos de sus objetos personales. Encontré un frasco
de colonia y me puse un poco en la muñeca para probar.

Hacía que oliera exactamente igual que mi tío
abuelo Bruce, pero supuse que era más seguro que
usar el espray perfumado de Rodrick.

Incluso le he pedido a mi padre que me lleve al supermercado y he comprado un surtido de bombones para Abigail. No debería haber quitado el papel celofán de la caja, porque ya me he comido los de crema, los de frutos secos y los de caramelo.

Espero que a Abigail le gusten los bombones de coco y los que saben a pasta de dientes, porque son los únicos que quedan.

Sábado
Esta noche era la noche del baile de San Valentín, y tuvo un comienzo REALMENTE complicado.

Cuando fui a casa de Rowley para prepararnos para salir, noté que tenía unas ronchitas rojas en la cara, como picaduras de mosquito. Pero enseguida me di cuenta de que esas ronchas eran VARICELA.

Desde que hace unas semanas Evan Whitehead fue a la escuela con la varicela, se ha estado propagando como un incendio por toda la clase.

La enfermera tuvo que enviar a casa a cuatro chicos la semana pasada. Estoy seguro de que uno de ellos es el Bajapantalones Loco, porque no actúa desde el martes.

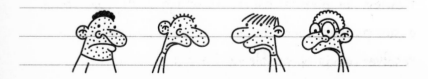

He oído que la varicela es SUPERCONTAGIOSA, y cuando un chico la contrae no se le permite volver a la escuela en una semana. Pero no podía permitir que Rowley estuviera fuera de servicio ni una NOCHE. Era mi pasaporte para el baile y sabía que, si sus padres no lo dejaban ir, entonces tampoco yo podría asistir.

Le dije a Rowley que tenía la varicela, pero se lo tenía que haber dicho poco a poco, en lugar de decírselo de golpe.

Rowley iba directo escaleras abajo para contárselo a sus padres, pero le dije que se calmara y que resolveríamos el problema juntos.

Le dije que si pasaba la noche sin decirle nada a nadie, le estaría agradecido toda mi vida. Todo lo que tenía que hacer era ocultar que tenía la varicela y no montar un número delante de sus padres. Iríamos al baile y nos lo pasaríamos en grande, sin que nadie lo supiera.

Pero Rowley estaba demasiado asustado como para pensar con coherencia, y tuve que darle dos bombones de coco para tranquilizarlo.

Ahora que Rowley sabía que tenía la varicela, se rascaba como un loco. Así que saqué unos calcetines de su cómoda y se los puse en las manos.

Supuse que los padres de Rowley sabrían reconocer la varicela, y teníamos que encontrar una manera de ocultar las ronchas, así que nos metimos en el baño de sus padres y busqué en los objetos de maquillaje de su madre, a ver si había algo que nos pudiera servir. Encontré una cosa que se llamaba "corrector", que me sonó bien.

Empleé un cepillo que hallé en un cajón para intentar cubrir las zonas afectadas de la cara de Rowley.

Pero se notaba que Rowley llevaba maquillaje. Así que cogí una bufanda de seda de la parte de arriba del tocador de la señora Jefferson y le dije a Rowley que se tapara la boca con ella. Entonces vi que también tenía algunas ronchas EN LA FRENTE, de modo que saqué un sombrero de playa del armario de su madre y también lo obligué a ponérselo.

No es que Rowley tuviera un aspecto muy normal, pero al menos nadie habría dicho que tenía varicela.

Contuve el aliento al subir al auto, pero el señor Jefferson probablemente se imaginó que la indumentaria de Rowley debía de ser alguna moda entre los alumnos de secundaria, y no dijo ni pío.

Cuando abrí la puerta trasera del auto para subir, me sorprendió ver que había un asiento de niños de cuando Rowley era pequeño.

Le pregunté a Rowley por qué todavía llevaba el asiento en el coche de su padre. Me contestó que simplemente no se habían preocupado de quitarlo cuando creció lo suficiente como para ir sin él. Pero ahora que lo pienso, Rowley siempre me parecía más alto cuando iba en auto con su familia.

Teníamos que quitar aquella cosa antes de recoger a Abigail, porque las empresas de alquiler de limosinas no tienen asientos de niños en sus coches.

Pero hacía falta ser ingeniero industrial para saber cómo soltar la hebilla del invento aquel. Y además íbamos a llegar tarde a recoger a Abigail, así que lo dejamos como estaba.

Cuando llegamos a la casa de Abigail, le dije al señor Jefferson que tocara el claxon para que supiera que la estábamos esperando.

Pero el señor Jefferson no hizo sonar el claxon, porque dijo que esa no es manera de tratar a una "dama". Dijo que uno de nosotros tenía que ir y "acompañarla" desde la puerta.

Rowley hizo amago de salir, pero yo vi ahí la oportunidad que esperaba para causar una primera impresión positiva en Abigail. Así que fui caminando hasta la casa y llamé a la puerta principal.

Pero no fue Abigail quien abrió, sino su PADRE.
Al parecer, el señor Brown es agente de la policía
estatal, o le gusta ir vestido así.

El señor Brown dijo que Abigail estaba
arreglándose arriba, y que bajaría en un minuto.

Me dijo que pasara y tomara asiento mientras la esperaba. Me dio la sensación de que había pasado una HORA allí sentado esperando a que Abigail bajara. Y no me gustaban para nada las esposas que el señor Brown llevaba colgadas del cinturón.

Justo cuando decidí que aquello era demasiada tensión para un baile de San Valentín e iba a marcharme, Abigail bajó las escaleras.

La primera cosa en que me fijé era que el vestido de Abigail abultaba mucho y no había forma de que los tres cupiéramos en el asiento de atrás del auto del señor Jefferson. Y además yo no tenía intención de ir en el asiento de niños, así que tomé la iniciativa de montarme delante. Por otra parte, sabía que los asientos delanteros tenían calefacción y me imaginé que iría muy a gusto.

Pero el señor Jefferson tenía un montón de papeles en el asiento del copiloto, porque mientras esperaba a que terminara el baile, iba a hacer la declaración de la renta o algo así.

Era demasiado lío mover todos aquellos papeles, y decidí meterme en el portaequipajes, para que por fin pudiéramos empezar la noche.

A Abigail no pareció sorprenderle que Rowley fuera en el asiento de niños y estoy seguro de que se lo tomó como una broma.

Pero el humor es cosa MÍA, y no iba a permitir que Rowley me opacara.

Se hizo un silencio en el auto y le pedí al señor Jefferson que encendiera la radio. Pero en lugar de poner algo de música, sintonizó una emisora aburrida donde hablaban de economía, y eso es lo que tuvo puesto durante el resto del viaje.

Estoy seguro de que hizo eso porque le molestó que me dirigiera a él llamándolo "chofer".

Rowley y Abigail empezaron a hablar, pero yo tenía los altavoces demasiado cerca y no podía escuchar lo que estaban diciendo.

Cuando el señor Jefferson se detuvo, pensé que habíamos llegado al restaurante. Pero habíamos parado en una tienda para recoger una aspiradora, que había llevado a reparar.

En ese momento deseé haberme gastado el dinero en alquilar una limusina, porque un conductor profesional no se entretendría haciendo recados camino del restaurante.

Había hecho una reserva en Spriggo's, que es ese restaurante elegante del que siempre están hablando papá y mamá. Sabía que podría salir algo caro, pero había ahorrado dinero haciendo tareas, y de veras quería impresionar a Abigail haciéndome el importante.

Después de estacionar, el señor Jefferson me abrió el capó. Pero cuando salí del auto, tenía todo el traje manchado de grasa de la aspiradora.

No quería parecer desaliñado, y dejé la chaqueta en el auto. Entramos en el restaurante todos juntos. Esperaba que Rowley fuera discreto y se quedara atrás con su padre, pero vino con nosotros.

Spriggo's

Spriggo's era MUCHO más elegante de lo que pensaba. Cuando entramos, el encargado de las reservas dijo que aquel era un sitio "muy exclusivo" y los caballeros estaban obligados a llevar chaqueta.

No pensaba ponerme la chaqueta sucia del traje, así que le pregunté si no podían hacer una excepción aunque solo fuera por una vez. Me dijo que no podían hacer excepciones, pero que el restaurante tenía chaquetas para estos casos y podía prestarme una. Me quedaba un poco grande, pero me la puse de todos modos.

Cuando nos sentamos noté un olor horrible y traté de averiguar su procedencia. Entonces me di cuenta de que era YO. Me figuré que aquella chaqueta prestada había sido compartida por cientos de personas sin que la hubieran llevado a la tintorería ni una vez.

Como no quería oler como los cuerpos de otras personas, me excusé para ir al cuarto de baño y allí restregué con agua y jabón la parte de los sobacos de la chaqueta y luego la sequé con el secador de manos.

¡BRRRRUM!

Pero fue PEOR el remedio que la enfermedad,
porque el calor activó el OLOR CORPORAL y
se extendió todavía más.

Eso acabó conmigo. Le dije a Abigail y a Rowley
que aquel era un sitio para estirados y que
debíamos marcharnos de allí.

Le di la chaqueta al camarero y salimos a la calle.
Propuse que nos saltáramos la cena y fuéramos
directamente al baile, pero Abigail dijo que tenía hambre
y Rowley dijo que ÉL también se moría de hambre.

El único restaurante que había cerca era el Corny, y les dije que no pensaba ir a ESE sitio. Pero Rowley dijo que le gustaba mucho el mostrador de los postres de Corny, y Abigail dijo que a ella le parecía bien.

Comencé a arrepentirme de haber llevado a Rowley a esa cita, porque si todo lo que iba a hacer era ponerse de parte de Abigail, yo quedaría siempre en minoría. Pero no quería montar una bronca cuando estábamos en plena cita, así que cerré la boca y caminamos tres manzanas hasta llegar al Corny.

Por suerte, recordé la cuestión de las corbatas cuando entrábamos y, en el último segundo, me quité la mía y la guardé en el bolsillo de atrás.

Pero no tuve tiempo de avisar a Rowley, por lo que su corbata ha pasado a formar parte permanente del "Muro de la Vergüenza".

El Corny era un auténtico ZOO. Mi familia suele ir entre semana, pero los sábados el panorama es indescriptible.

Al menos, como no llevábamos niños pequeños con nosotros, no nos hicieron sentarnos en el "Rincón de los Niños". Pero la sección de "adultos" tampoco era mucho mejor. Solo hay un cristal para separar los dos lados, y nos sentaron cerca de una familia con un puñado de niños maleducados.

Le pregunté a la camarera si podía cambiarnos de sitio. Puso mala cara y llevó nuestros cubiertos a otra mesa. Pero nos habría venido mejor quedarnos donde estábamos, porque el sitio nuevo no suponía ninguna mejora.

No quise decirle a la camarera que nos cambiara de
mesa por SEGUNDA vez, porque la última persona
a la que deseas hacer enfadar es a quien te va a
servir la comida. Así que me conformé con poner un
par de menús en el cristal para tapar la vista.

Nuestra camarera nos trajo unos nachos, y
Rowley se quitó los calcetines para poder comer.
No creo que fuera buena idea estar todos cogiendo
nachos de la misma cesta, mientras Rowley tuviera
varicela, así que puse la cesta a mi lado.

Cada vez que parecía que Rowley tenía la intención
de coger un nacho, le daba uno empujándolo
con una pajita.

No recordaba si la varicela se contagia por el aire, así que yo contenía el aliento por si acaso cuando Rowley hablaba.

En un momento dado, nos contó una historia muy larga sobre algo que le sucedió el verano pasado, y al final yo estaba casi mareado.

Les dije a Rowley y Abigail que yo invitaba a cenar, así que podían tomar lo que quisieran. Intentaba presumir delante de Abigail mostrándome muy espléndido.

Pero cuando vino la camarera, Abigail pidió DOS aperitivos, y Rowley hizo lo mismo.

La camarera no comprendía lo que estaba diciendo Rowley con la boca tapada por la bufanda, y entonces se la quitó para poder hablar con claridad. Cuando lo hizo, una pequeña molécula de su saliva salió despedida y fue a aterrizar en mi labio inferior.

Relajé la mandíbula por completo para que la molécula no entrase en mi boca. Intenté parecer tranquilo, pero por dentro estaba totalmente aterrorizado.

Quise pasar la servilleta por mis labios, pero se me había caído al suelo, así que esperé a que Abigail estuviera distraída y entonces me limpié la boca con la manga de su vestido.

Cuando llegó el momento de pedir, yo encargué una hamburguesa sin guarnición, para ahorrar algo de dinero. Abigail pidió un chuletón, que era el plato más caro del menú, y Rowley hizo lo mismo, aunque traté de decirle por señas que pidiera algo barato.

Nos trajeron la comida y mi hamburguesa tenía lechuga y tomate, porque en el Corny SIEMPRE se equivocan al tomar nota del pedido. Aparté la lechuga y el tomate, pero también había mayonesa.

Cuando la camarera se acercó de nuevo, le dije que había encargado una hamburguesa sin nada. Entonces ella cogió una servilleta y la usó para quitar la mayonesa. Al marcharse, dejó la servilleta encima de la mesa.

Después de eso, perdí el apetito. Pero aunque hubiera tenido HAMBRE no me lo habría comido todo. Si dejas limpio el plato en el Corny, se ve un dibujo en el fondo que no puedo soportar.

Me limité a esperar a que Abigail y Rowley
acabaran los chuletones, y cuando terminaron,
llamé a la camarera para pagar la cuenta.

Pero entonces Abigail y Rowley dijeron que
querían pedir postre. La única razón de haber ido
al Corny era el mostrador de los postres, que
eran gratis. Pero, por supuesto, Abigail y Rowley
querían los dos un postre ESPECIAL, que no
estaba incluido en el menú y había que pagar
aparte.

Me levanté y busqué a la camarera para decirle que era el cumpleaños de Rowley, porque sabía que lo invitarían al postre. Poco después llegaron todos los camareros y camareras cantando "Cumpleaños Feliz" y le dieron a Rowley su trozo de pastel gratis.

CUMPLEAÑOS FELIZ,
CUMPLEAÑOS FELIZ,
TE DESEAMOS A TI...

Abigail todavía pidió tarta de queso con tres capas de chocolate, pero solo comió un par de bocados.

Cuando me trajeron la cuenta, NO PODÍA CREER que fuera tanto. Me gasté todo el dinero que llevaba en la cartera, e incluso tuve que echar mano de un billete de cinco dólares que guardaba en mi calcetín para casos de emergencia.

La camarera no aceptó el dinero del calcetín
porque estaba un poco mojado, así que tuve que ir
al auto a ver si el señor Jefferson tenía un billete
de cinco dólares para cambiármelo.

Cuando regresé a la mesa, Rowley y Abigail
estaban enfrascados en una conversación, y me
pareció que ahora estaban sentados más cerca que
cuando me marché.

Pensé en decirle a Abigail que se mantuviera a distancia de Rowley, pero tenía miedo de que se fuera y nos dejara plantados si se enteraba de lo de la varicela.

Volvimos los tres al auto. El señor Jefferson nos condujo hasta la escuela y nos dejó en la entrada principal. Abrazó a Rowley, cosa que seguro que a Abigail debió de parecerle rara, si había pensado que era un chofer profesional.

¡QUE LO PASES BIEN!

FLAS FLAS

El tema del baile era "Medianoche en París", y debo reconocer que el Comité del Baile había hecho un gran trabajo. El gimnasio estaba decorado como una calle francesa. Había una mesa larga dispuesta con cosas de picar y ponche de frutas, e incluso había una fuente de chocolate y fresas para bañarlas en él.

Sacamos las entradas y nos pusimos en la fila para hacernos una foto. Cada pareja posaba delante de un decorado de París.

Cuando nos llegó el turno, permanecí de pie con Abigail mientras el fotógrafo nos hacía la foto. Pero si llego a saber que Rowley también iba a salir en NUESTRA fotografía, no me la habría hecho.

Medianoche en París

Baile de San Valentín

Había algo en el DJ que me resultaba familiar, y cuando me acerqué más a él me di cuenta de que era tío Gary. No me pregunten CÓMO consiguió ese trabajo.

Tío Gary aprovechó la ocasión para vender sus camisetas a mis compañeros de clase. Había poca luz en el gimnasio, y los chicos no sabían que los estaban estafando.

Abigail estaba de pie junto a mí, y al instante siguiente había desaparecido. Al fin la vi al otro lado del gimnasio, charlando con sus amigas.

Me dirigí hacia ellas, pero antes de llegar allí se metieron todas en el baño.

Es un misterio por qué las chicas van en grupo al baño, pero AHORA estaba ocurriendo algo que me hacía sentir inquieto.

No sabía qué pensaba Abigail de mí, pero supuse que quizá se lo estaría contando a sus amigas en aquel momento. El baño de chicos del gimnasio estaba al lado del de las chicas, así que me metí dentro y pegué el oído a la pared.

Podía oír las risas, pero no pude escuchar la conversación, porque me lo impedía el ruido del baño de chicos.

Traté de impedir que la gente hiciera ruido, pero fue inútil.

Se hizo silencio al otro lado de la pared, así que regresé al gimnasio y vi que Abigail y sus amigas estaban en la mesa de los refrescos.

A las 7:50, tío Gary subió la música y parecía como si por fin fuera a empezar el baile. Entonces empezaron a llegar algunas personas de la misma edad que mi abuela.

A las 8:00 debía de haber unos cien ancianos agolpándose junto a la entrada. Parecía que había jaleo entre una profesora y un grupo de abuelos, así que me acerqué para enterarme de lo que estaba sucediendo.

Los mayores afirmaban que tenían reservado el gimnasio para una reunión sobre el nuevo centro de la tercera edad. La señora Sheer les dijo que ella había reservado el gimnasio para el baile hacía dos semanas.

Pero los abuelos dijeron que lo tenían reservado desde hacía dos MESES, y tenían un documento que lo demostraba. Los del centro de la tercera edad dijeron que debíamos despejar el gimnasio para que ellos pudieran celebrar su reunión.

Cuando varias chicas del Comité del Baile intervinieron en la discusión, aquello parecía que iba a acabar mal.

Justo cuando parecía que iban a pelearse, la señora Sheer sugirió que llegáramos a un acuerdo. Dijo que podríamos correr un tabique corredizo en medio del gimnasio, de forma que en un lado de la cancha los mayores pudieran llevar a cabo su reunión, y en el otro lado los chicos pudieran celebrar el baile.

```
                          ← TABIQUE

                        REUNIÓN
          BAILE           DEL
                     CENTRO PARA
                     LA TERCERA
                        EDAD
```

Todo el mundo pareció estar de acuerdo con esa idea, y el conserje corrió el tabique corredizo.

Perder de golpe la mitad del gimnasio fue terrible, pero lo que nos mató fueron las LUCES. Solo hay un interruptor para iluminar el techo del gimnasio, y todos los focos tenían que estar encendidos o apagados al mismo tiempo. Los mayores necesitaban luz para su reunión, así que adiós al ambiente íntimo de la "Medianoche en París" en nuestro lado de la cancha.

Los focos encendidos también perjudicaron a tío Gary, porque ahora todos los chicos que le habían comprado camisetas se dieron cuenta de que los había estafado, y empezaron a reclamarle que les devolviera su dinero.

Tío Gary intentó distraer la atención subiendo el volumen de la música, y un montón de gente salió a la pista de baile.

Las chicas bailaban en un gran círculo en el centro de la pista. De vez en cuando, algún chico intentaba ponerse a bailar dentro del grupo, pero ellas formaban una especie de muralla que les impedía el paso a los chicos. No lo comprendí hasta que me moví para entrar en el círculo y me bloquearon el paso.

Una de las personas mayores vino a nuestro lado de la cancha quejándose de que la música estaba muy alta, y dijo que la teníamos que bajar.

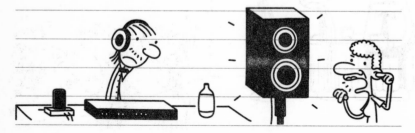

Así que tío Gary bajó el volumen en torno a un 80% y entonces pudimos escuchar con claridad lo que se decía en la reunión del centro de la tercera edad.

QUE CONSTE EN ACTA QUE LA SEÑORA FISHBURN APOYA LA MOCIÓN DE DISPONER DE UNA CAFETERA EN LA COCINA PEQUEÑA.

Aunque eso no les importó a las chicas. Muchas cogieron sus iPods y siguieron bailando.

Llegados a este punto, la mayoría de los chicos se cansó de aguantar. Habían pasado demasiado tiempo comportándose como caballeros y muchos empezaron a desordenarse.

La señora Sheer y el resto de los responsables intentaron que se calmaran, pero resultó imposible. La escena era verdaderamente salvaje y, de hecho, se estaba poniendo un poco peligrosa.

Pensé en dirigirme a las gradas para mantenerme apartado y no estorbar a nadie, pero en aquel instante el "Bajapantalones Loco" atacó de nuevo y decidí no moverme de donde estaba.

Algunos de los que llegaban tarde, al ver el alboroto del gimnasio, daban la vuelta y se volvían a marchar. Hacia las 9:00, llegaron Michael Sampson y Cherie Belanger cogidos de la mano.

Michael era el chico que SE SUPONÍA iba a acompañar a Abigail al baile, así que al parecer la excusa del "compromiso familiar" era mentira.

A juzgar por la cara que puso, no esperaba encontrarse allí a Abigail.

Después, se desató un auténtico drama. Michael se marchó, abandonando a su pareja, y Abigail se pasó la media hora siguiente enjugándose las lágrimas en un rincón de la pista.

Hice lo que pude para consolarla, pero estaba rodeada por sus amigas, así que no estoy seguro de que llegara a darse cuenta.

A esa hora más o menos se terminó la reunión para el centro de la tercera edad, y varios abuelos se pasaron a nuestro lado del gimnasio y comenzaron a servirse refrescos.

Acabaron rápidamente con las fresas, y no quedaba nada para bañar en la fuente de chocolate.

Así que los chicos empezaron a meter los dedos directamente en la fuente, y otra vez parecía que estábamos en el Corny.

A un chico se le cayó un lente de contacto en la fuente de chocolate, y la señora Sheer hizo que todos se apartaran mientras intentaba pescarlo.

Como la reunión se había terminado, tío Gary subió el volumen de la música.

Pero los ancianos comenzaron a solicitar canciones, y el Baile de San Valentín fue conquistado por los mayores.

Miré todo lo que estaba pasando desde mi punto de observación pegado a la pared, preguntándome por qué había querido acudir al baile. También empezaba a arrepentirme de no haber usado el espray que encontré en el cajón de Rodrick, porque la colonia de mi tío abuelo Bruce estaba surtiendo efecto en gente que no era de mi edad.

Eran casi las 10:00 y tío Gary anunció que la siguiente canción iba a ser la última de la noche. Cuando empezó a sonar la música, unos cuantos chicos salieron a bailar a la pista con sus parejas, por primera vez en toda la noche.

Estaba deseando que la canción se terminara, porque el baile había sido un desastre y solo quería volver a casa con los videojuegos, para borrar de mi cabeza aquella experiencia.

Pero cuando parecía que la situación no podía ir peor, vi que Ruby Bird se dirigía directamente adonde yo estaba.

No sabía si iba a pedirme que bailáramos o si yo
había hecho algo que la había molestado, pero no
quería que me mordiera en medio del baile del colegio.

Busqué una salida, pero estaba atrapado.
Afortunadamente, Abigail salió del baño justo
en ese momento, y la cogí de la mano antes
de que Ruby me alcanzara.

El maquillaje de Abigail estaba hecho una ruina, pero no me importó. Estaba contento de tener una excusa para escapar de Ruby. Y, sinceramente, me parece que Abigail también se alegró de verme, así que la conduje a un sitio despejado de la pista de baile.

Nunca había bailado lento con una chica y no sabía dónde poner las manos. Ella puso las suyas sobre mis hombros y metí las mías en los bolsillos, pero eso me hacía sentir como un bobo. Así que nos cogimos de las manos y parecía que eso funcionaba.

Entonces vi algo en su barbilla. Era una ronchita roja EXACTAMENTE igual que las ronchas de varicela de Rowley.

Antes de que cuente lo siguiente, tengo que explicar en mi defensa que yo estaba ya muy nervioso con lo de la varicela.

Pero tengo que admitir que PUEDO haber exagerado un poco.

Aunque resultó que TAMPOCO ERA varicela. Era un simple granito. Al llorar, se le había corrido el maquillaje de la barbilla.

Pero eso lo sé AHORA. Cualquiera en mi lugar habría reaccionado exactamente igual que yo.

Pero no creo que Abigail lo vea como yo, porque en el viaje de regreso no estuvo muy locuaz conmigo.

Cuando estacionamos delante de la casa de Abigail, Rowley se encargó de acompañarla hasta la puerta. Eso me convino, porque me dio la oportunidad de comerme los bombones que quedaban. Después de una noche como aquella, me estaba MURIENDO DE HAMBRE.

<u>Miércoles</u>

Han sucedido muchas cosas desde el baile de San Valentín.

Hace unos días, tío Gary compró un puñado de tarjetas del raspa y gana con el dinero que había sacado vendiendo camisetas, y uno tenía un premio de 40.000 dólares. Así que le pagó a papá el dinero que le debía, me deseó suerte con las "damas", y se largó de casa.

La otra gran noticia es que me dio varicela en grado superlativo.

No estoy seguro de cómo me contagié, pero espero que no fuera Rowley, porque no me entusiasma la idea de que sus virus ataquen mi sistema inmunológico.

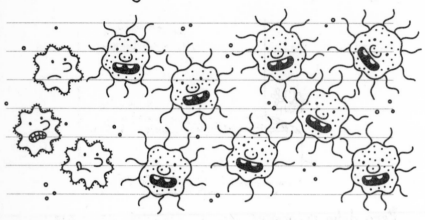

Aunque estoy convencido de que Rowley NO me pegó la varicela. Lo he visto ir a la escuela estos días y me ha dado la impresión de que lleva maquillaje de su madre en la barbilla. Así que me parece que aquellas ronchitas suyas no eran más que granitos, como los de Abigail.

Y, hablando de Rowley y Abigail, he oído que los dos están saliendo. Todo lo que puedo decir es que, si es cierto, Rowley es el peor "hombre de confianza" de todos los tiempos.

No puedo ir a la escuela al menos durante una semana. Lo mejor de todo es que, cuando todo el mundo está fuera de casa, puedo tomar baños muy largos sin que nadie me moleste.

Pero debo reconocer que la sensación de estar flotando no es tan fabulosa como yo la recordaba, y después de una hora se me arruga la piel. No entiendo cómo pude vivir así durante nueve meses.

Además, me siento un poco solo, todo el día sin compañía. O al menos CREO que estoy solo. Hoy tenía una toalla limpia cerca de la bañera, y cuando abrí los ojos había desaparecido.

Alguien está tratando de fastidiarme, o tal vez haya sido Johnny Cheddar.

AGRADECIMIENTOS

Gracias a mi maravillosa familia por proporcionarme estímulo y por reírse. Muchas de nuestras anécdotas están relacionadas con estos libros, y ha sido muy divertido compartir esta aventura con ustedes.

Gracias a todos los de Abrams, por publicar estos libros y poner tanto cuidado en hacerlos lo mejor posible. Gracias a Charlie Kochman, por tratar cada libro como si fuera el primero. Gracias a Michael Jacobs, por todo lo que has hecho para que Greg Heffley alcance todo su potencial. Gracias a Jason Wells, Veronica Wasserman, Scott Auerbach, Chad W. Beckerman y Susan Van Metre por su dedicación y camaradería. Pasamos muy buenos ratos, y muchos más que están por venir.

Gracias a todo el mundo de mi empresa —Jess Brallier y al equipo de Poptropica— por su apoyo, amistad y dedicación para crear grandes historias para chicos.

Gracias a Sylvie Rabineau, mi temible agente, por tu respaldo y orientación. Gracias a Elizabeth Gabler, Carla Hacken, Nick D'Angelo, Nina Jacobson, Brad Simpson y David Bowers, por darle vida a Greg Heffley y su familia en la gran pantalla.

Gracias a Shaelyn Germain, por hacer que las cosas fueran sin contratiempos detrás del escenario y ayudarme de tantas maneras.

SOBRE EL AUTOR

Jeff Kinney se dedica al diseño y desarrollo de juegos *online*, y es un autor número uno en ventas en la lista de *The New York Times*. Jeff está considerado una de las cien personas más influyentes del mundo, según la revista *Time*. Es también el creador de Poptropica.com, considerada una de las cincuenta mejores páginas web, según la revista *Time*. Pasó su infancia en Washington, D. C. y se mudó a Nueva Inglaterra en 1995. Actualmente reside al sur de Massachusetts con su esposa y sus dos hijos.